GEORGES-MARC BENAMOU



# LE GÉNÉRAL A DISPARU

*roman*

BERNARD GRASSET
PARIS

ISBN 978-2-246-81789-5

# LE GÉNÉRAL A DISPARU

## DU MÊME AUTEUR

Les Années tournantes *(le meilleur de Globe)*, collectif, Seuil, 1992.

Mémoires interrompus *(conversations avec François Mitterrand)*, Odile Jacob, 1996.

Le Dernier Mitterrand, Plon, 1997.

C'était un temps déraisonnable, Robert Laffont, 1999.

Jeune homme, vous ne savez pas de quoi vous parlez, Plon, 2001.

Un mensonge français, Robert Laffont, 2003.

Si la gauche savait *(avec Michel Rocard)*, Robert Laffont, 2005.

Le Fantôme de Munich, Flammarion, 2007.

Les Rebelles de l'An 40, Robert Laffont, 2010.

Comédie française, Fayard, 2014.

« Dites-leur que je ne suis pas le diable », Plon, 2016.

*À la mémoire de mes grands-pères inquiets*

« Chaque génération, sans doute, se croit vouée à refaire le monde. La mienne sait pourtant qu'elle ne le refera pas. Mais sa tâche est peut-être plus grande. Elle consiste à empêcher que le monde se défasse. »

Albert Camus

# I

## *Avant Baden*

28 mai 1968

# 1

## *Inondation générale*

Il avait tourné en rond toute la journée dans son bureau ; et ni les huissiers, ni les aides de camp, ni même les éminences du Palais n'avaient osé le déranger. Alors à tour de rôle, et sans plus rien respecter des usages de la présidence, ils se courbent et tentent, à travers l'épaisse double porte, d'ausculter son humeur. Si, après avoir frappé à la porte, il s'arrête de tourner, on peut faire une tentative pour lui parler, lui faire passer un parapheur d'urgences à signer. S'il continue à tourner, c'est risqué. À quoi bon le déranger, se faire rabrouer, pire : découvrir ce spectacle.

Un fantôme.

Il n'a pas fermé l'œil depuis dix jours ; et cela se lit sur ce masque dont les cernes semblent marqués au burin ; ces yeux rougis, enfoncés, minuscules qui accentuent le caractère éléphantesque de sa physionomie. Depuis les *événements*, et son retour de Roumanie, il a passé toutes ses nuits en alerte, dans la pénombre du Salon doré, en robe de chambre où, faute d'un gouvernement capable, il tenait là, en solitaire, ses réunions d'état-major.

Lisant les rapports sur ce front qui n'en finissait pas de s'étendre. Épluchant les notes de la préfecture de police, des Renseignements généraux, de Foccart et de ses barbouzes. S'acharnant à « saisir » l'événement, et se perdant dans des songes affreux, tournant et retournant dans le Palais désert, sans comprendre autre chose que le chaos grandissant.

Au mur, le Don Quichotte des Gobelins, auquel il adresse parfois un regard interrogatif sur l'état de ses propres moulins. Sa promiscuité avec ce Don Quichotte imposant, compagnon aux humeurs changeantes, avait fini par occuper son esprit. Lorsqu'il se sentait chavirer, pour ne pas sombrer, il s'accrochait à ce rêve éveillé, un détail de la tapisserie, une ombre à côté du Don, l'inclinaison de sa lance, une ville au loin sur la plaine de La Mancha. Cela lui permettait de ruser avec l'angoisse qu'il sentait revenir.

Il avait suivi chaque insurrection en direct ; le transistor branché sur les postes périphériques plutôt que sur la radio officielle qui – il était bien placé pour le savoir – avait ordre de minorer les événements, leur ampleur et leur violence. Et chaque nuit, il avait ferraillé, il avait souffert à la pensée de la ville assaillie, à chaque barricade érigée, à chaque déflagration. Tout était attaque à sa chair. Il sortait chaque matin épuisé de sa lutte avec les démons. Son corps était devenu si douloureux que le vieil homme faisait des efforts surhumains pour tenir cette vieille carcasse qu'il n'avait jamais aimée.

Il a l'ouïe fine, et ce soir plus que jamais, il sent venir le craquement.

Sept nuits d'émeutes. Il y en a eu sept, depuis le début de mai.

Il est – quoi qu'il en dise – un homme du XIXe siècle, il tient là ses repères, et il sait qu'en 1830, il n'avait pas fallu plus de trois nuits d'émeutes – et pas plus de barricades – pour chasser Charles X, le dernier des Bourbons. Son autre repère, ce sont les journées de février 1848. Là encore, trois jours d'émeutes, pas plus, pour faire déguerpir Louis-Philippe… Trois jours pour anéantir dix-huit ans de règne. Sans parler du 6 février 1934 ; sans remonter à la Fronde et à sa « nuit des barricades ».

Lui en est à sept nuits d'émeutes, et le niveau ne cesse de monter.

Quand sera-t-il lui aussi emporté par le torrent ? Demain ?

Avec la grande manifestation communiste qui s'approchera du Palais, dangereusement.

Un torrent incontrôlable ; c'est ainsi. C'est ainsi qu'il a toujours vu la fin du régime, d'ailleurs.

Une inondation générale.

La catastrophe du barrage de Malpasset, cinq ans plus tôt, l'avait impressionné, comme toute la France. Le spectacle de la plus grande catastrophe civile depuis la guerre, la ville de Fréjus, la plaine de l'Argens, dévastées, réduites à des décombres, ne l'avait pas quitté. Le flot avait tout arraché sur son passage ; la terre avait été arasée ; les cadavres se mêlaient aux jouets d'enfants retrouvés dans la glaise. Eh bien, en France comme à Malpasset, le flux avait tout emporté aussi. La montée des eaux avait été si puissante, si soudaine, que la digue de l'État n'avait pu la contenir… Tout avait été tenté. Mais les vannes avaient été ouvertes, les Français étaient devenus fous, le fleuve humain était sorti de son lit.

## 2

## *La nuit des barricades*

La nuit du 10 mai lui avait ouvert les yeux.

Elle avait été la plus terrible des nuits, depuis il y en avait eu tant. La capitale s'était embrasée, l'insurrection avait surpris. L'émeute rive gauche avait été générale, indomptable. Pour la première fois, l'État avait perdu le contrôle. Le pouvoir, la police, et même les CRS accourus de province avaient été débordés par les assaillants, organisés et intraitables. Si bien qu'au petit matin, le « cessez-le-feu » avait été – comble de provocation – annoncé à la radio, par le chef des émeutiers lui-même, Cohn-Bendit.

À cinq heures du matin, après cette déroute, Louis Joxe, le Premier ministre par intérim – Georges Pompidou étant en voyage officiel à l'étranger –, avait décidé de le réveiller. Mais il ne dormait pas. Il ne dort jamais. Sur-le-champ, il convoque un conseil de crise.

*Il faut en finir avec cette chienlit.*

Il n'est pas six heures, il fait encore nuit, quand les trois ministres pénètrent dans le bureau présidentiel. Il les voit s'avancer dans la pénombre, gris, épuisés, pas rasés, et s'excusant de l'être ; qu'importe, lui non plus n'a pas eu le temps de se raser. C'est un conseil de guerre, une réunion de crise. Il est inquiet, choqué par les événements de la nuit, mais ragaillardi par l'odeur de poudre et la venue de ses ministres à cette heure. Avec ces *Français libres*, tous de vieux compagnons d'armes, la réunion va être simple, efficace, militaire enfin. Les ministres se tiennent debout, dans un semblant de garde-à-vous.

Louis Joxe, allure chic du grand serviteur de l'État, un peu chiffonné dans cette tourmente ; le ministre de l'Intérieur, Fouchet, un air de colosse, le plus ancien de ses compagnons ; et, pour la première fois dans ce genre de réunion, le ministre des Armées, Messmer, un légionnaire pour la vie – il avait tenu à sa présence.

Dans la nuit, il a eu ses fiches. Il a suivi l'émeute jusqu'au bout, et l'assaut des forces de l'ordre qu'il crut ne jamais voir venir ; mais il veut en savoir davantage ; connaître l'angle de vue des ministres, l'étendue de l'anarchie, les moyens d'y mettre fin.

Fouchet énumère donc, assommé par son propre inventaire :

« 467 manifestants interpellés. 188 véhicules incendiés ou endommagés. 367 blessés, dont 251 chez les policiers… »

Le ministre de l'Intérieur précise, penaud : « Mon Général, nous avions pourtant mobilisé 80 escadrons de gendarmerie, sur 120 ; et 40 escadrons de CRS, sur 60.

Nous ne pouvions faire plus, sur le plan des forces de l'ordre. »

Il dévisage son ministre. Il est accablé ; s'apprête à s'emporter, et finalement lui trouve un air si pitoyable qu'il n'élève pas la voix. Il se contente de laisser tomber :

« Tout cela ne serait pas arrivé, si vous m'aviez écouté... »

La veille de cette manifestation redoutée, il avait reçu Fouchet et le préfet de police Grimaud ; il leur avait demandé qu'on interdise la manifestation, le terrain étant trop dangereux ; mais Fouchet avait plaidé *qu'il valait mieux contrôler la manifestation, plutôt que l'interdire*. Grimaud – qui lui avait soufflé la ligne – avait soutenu son ministre. Il avait assuré qu'en cas d'interdiction, il ne disposerait pas d'assez de troupes pour contenir la foule. Le Général avait dû céder devant leurs arguments « techniques ».

Fouchet, sentant le terrain glissant, ne répond pas. Il reprend son douloureux rapport :

« On a compté près de 60 barricades ; certaines de trois mètres de haut... Les combats les plus acharnés se sont déroulés rue Gay-Lussac, Royer-Collard, Ulm et Saint-Jacques... À 2 h 05, l'ordre est donné aux CRS, gendarmes mobiles et policiers de procéder au dégagement... À 2 h 40, la première barricade tombe boulevard Saint-Michel. »

Il le coupe d'un ton rogue, le regard mauvais : « Pourquoi si tard ? »

Fouchet s'apprête à répondre, mais Joxe vole à son secours. Il est tout de même Premier ministre, fût-ce par intérim, et d'un ton impérial, il livre l'explication :

« Mon Général… Nous avons préféré attendre le dernier métro. »

Le Général ne comprend pas ; qu'est-ce que c'est que cette histoire de dernier métro ?

« Afin que les plus jeunes, les lycéens, soient rentrés chez eux, précise Joxe, pas mécontent de lui. Et puis, mon Général, nous devions attendre la fin des négociations avec les étudiants. »

Au mot « négociations », il bondit, consterné d'apprendre que des « négociations » aient pu être entamées avec ces zozos. Mais Joxe poursuit sans s'apercevoir de rien ; et se met à raconter, avec une vibrante espérance dans la voix, cette nuit « où, mon Général, nous avons réussi à établir le dialogue. À 22 heures, le recteur reçoit une délégation étudiante pour négocier la libération des incarcérés – "Monsieur le Président".

À 1 heure du matin, les négociations sont sur le point de réussir.

À 1 h 45, hélas, les négociations sont interrompues. Mais l'essentiel, mon Général, c'est que le dialogue ait été rétabli ».

Le Général le laisse dérouler son vain récit avec la patience qu'on a pour un aliéné. Il soupire sans se cacher, s'impatiente, grogne, rien n'y fait, Joxe poursuit son envolée.

Au bout d'un moment, n'y tenant plus, il le coupe sèchement : « Écoutez bien, Joxe. Les étudiants ne sont pas les rebelles algériens ; et je ne vous demande pas de renégocier les accords d'Évian. Vous vous laissez manipuler par des zozos. Ce sont des gamins. À qui il suffit de donner une bonne frottée. »

*Une bonne frottée.* L'expression fait sourire Messmer, qui échange un coup d'œil entendu avec lui. Il a enfin trouvé un allié dans cette assemblée de civils.

Un long silence s'ensuit. Il scrute Joxe – on croirait qu'il le soupèse – avant de laisser tomber d'un ton terrible, définitif :

« Joxe, vous n'y êtes pas. »

Il insiste :

« D'ailleurs, Joxe, vous n'y êtes plus du tout. Plus du tout. »

La formule vaut exécution. Les deux autres ministres sont sidérés, mais Joxe, lui, n'a pas compris. Il poursuit, satisfait *de prendre de la hauteur, et tirer les leçons politiques de cette crise, mon Général.* Cette fois, Fouchet assure la relève d'un Joxe en perdition. Il est le plus vieux de ces compagnons, leur supérieur en quelque sorte. Il a rejoint la France libre le 19 juin 1940, quelques jours avant ses camarades, et cela compte dans cette hiérarchie chevalière. En bon compagnon, il reprend les arguments de Joxe, avec des mots et un ton moins affecté :

« Mon Général, soyons habiles. Laissons mourir ce mouvement de sa belle mort. Faisons droit aux revendications des étudiants : libération des manifestants arrêtés, amnistie, retrait des forces de police, et réouverture de la Sorbonne. Et vous verrez, le mouvement s'épuisera de lui-même. Il ne s'agit que de jeunes gens. »

Des jeunes gens ! Il comprend qu'il est cerné par les *humanistes,* et hausse les épaules, d'une manière enfantine. Comme s'il avait besoin de lui, d'eux trois, pour comprendre les « jeunes gens » ! Les « jeunes gens », ils ne seraient pas dans la rue, sur les barricades, si Monsieur Fouchet et les autres avaient fait leur travail, au ministère de l'Éducation ! Seul de Gaulle y pense, aux « jeunes gens » ; il n'a fait que cela depuis la réélection de 1965. Penser aux jeunes gens, à leurs métiers, à leur avenir dans le monde terrible qui se prépare pour le siècle prochain ; à cette Université nouvelle, à sa sélection à l'entrée, qui seule demain, après-demain, leur éviterait le chômage, les erreurs d'aiguillage, et la rage d'aujourd'hui. Mais Monsieur Fouchet, Monsieur Joxe et Monsieur Pompidou, et aussi Monsieur Peyrefitte, se sont tous ligués contre lui. Pour sauver leur vieille École. *Les jeunes gens.* Il en a assez entendu.

# 3

## *« Messmer, répondez ! »*

Il en a fini avec les *civils* et se tourne vers Messmer pour entendre une autre musique : de la fermeté, enfin. Mais le ministre des Armées ne répond pas à l'appel du regard qu'il vient de lui lancer. Il reste silencieux. Le Général lui jette un autre regard, lui donne une seconde chance ; Messmer persiste dans son silence.

Même le dernier carré ne répond plus…

Il est bien seul. Il dévisage ses anciens compagnons, les trois ministres plantés là. Messmer et son éternel garde-à-vous. Joxe, chic en toutes circonstances. Fouchet, cette âme molle dans une enveloppe de rugbyman. Puis retrouvant au fond de lui cette fermeté inhumaine qui jadis faisait de lui un chef, il rugit : « Non, non, et non ! On ne capitule pas devant l'émeute. L'État ne recule pas. »

*Le réveil du lion devenu vieux* surprend les trois hommes.

Sidérés par ce retour inattendu d'autorité, ils ont un même mouvement de recul animal. Ses colères étaient devenues rares, depuis que Pompidou avait la République en main, mais cette fois, le ton est brutal, sans appel.

Il comprend qu'il a réussi son effet. Il conserve son masque et répète, plus calme, en détachant les syllabes : « L'État ne recule pas… Il n'en est pas question… Plus question. »

Et tandis que les trois hommes acquiescent, il leur lance, provocateur :

« Alors, messieurs les Ministres, que proposez-vous pour éviter que d'autres nuits comme celle-ci ne se reproduisent ? »

Aucun n'a envie de répondre ; chacun craint de subir sa mitraille. Fouchet, toujours sacrificiel, finit par s'y coller. D'un ton lugubre, il avoue n'avoir plus ni moyens ni solutions. Il est au maximum de ses ressources en hommes, y compris celles de la gendarmerie, et des compagnies de CRS qu'on a fait venir de province. Il s'interrompt un instant ; cherche ses mots afin d'éviter un autre faux pas :

« Il s'agit d'une guerre… inédite, mon Général. »

La réponse ne satisfait pas le vieux chef ; son œil est noir, en attente. Fouchet, meurtri, finit par lâcher :

« Et dans ce cas-là, monsieur le Président, ce n'est plus l'affaire de la police, ni des CRS. »

Il a écouté son ministre d'un air pénétré ; il l'a laissé s'humilier jusqu'au bout. Avant de répéter, théâtral, à l'adresse de tous, en poussant sur les basses comme sur les aigus, la phrase de Fouchet :

« Donc, selon monsieur le ministre de l'Intérieur, ce n'est plus… ni l'affaire de la police, ni celle des CRS. »

Puis il pivote vers Messmer qui, une fois encore, feint de ne pas remarquer qu'il est au centre de l'attention : « Alors Messmer. Si ce n'est plus l'affaire de la police, c'est donc l'affaire de l'armée. N'est-ce pas ? »

Messmer a toujours son air de légionnaire, absent, l'œil vide, fixé sur on ne sait quel horizon ; et garde le silence.

Il ordonne, martial : « Messmer, répondez ! Des unités doivent-elles faire mouvement sur Paris ? de province ? d'Allemagne ? »

Messmer se dégèle :

« Monsieur le Général, je recommande la prudence… »

Il hésite, il bafouille :

« Il vaut mieux laisser l'armée dans les casernes. »

Il sait que sa réponse va déplaire, mais il en a par-dessus les oreilles de ces rumeurs d'appel à l'armée, de ces complots en caserne, de ce parfum de putsch jusque dans son ministère. Il est soulagé d'avoir sorti sa vérité, *fût-ce au Général lui-même.* Messmer est un grognard, et un grognard, ça sait grogner.

« D'une part, mon Général, les régiments modernes ne possèdent pas une structure adaptée aux missions dans la rue. D'autre part (une pause), il est permis de s'interroger sur l'attitude des jeunes du contingent : un réflexe de solidarité avec les étudiants et les ouvriers n'est-il pas prévisible ? »

Il hésite à s'engager dans une discussion avec son ministre des Armées. Il ne connaît rien, c'est vrai, à ces guerres nouvelles, urbaines, au risque de perdre ce qui reste de sa pauvre autorité dans un débat face à cette tête de mule qui, lui, connaît ses dossiers. Alors il hausse à nouveau les épaules ; appelle exaspéré le Ciel ou le plafond, avant de laisser partir en crescendo sa voix la plus aiguë, la plus cinglante :

« Et donc, si ce n'est ni l'affaire de l'armée, ni celle de la police, pouvez-vous me dire, messieurs, de qui c'est l'affaire alors… ? »

Le « alors » n'en finit pas. Il les désigne, il les crucifie.

Il va mieux maintenant. Il a repris de sa force, de son empire. La tension est redescendue, mais il fait mine d'avoir un doute ; et comme s'il s'agissait d'une simple vérification, d'une affaire de routine dont il aurait oublié la conclusion, il leur demande :

« Dites-moi, si c'était nécessaire, feriez-vous tirer… »

Les trois éminences se taisent, s'observent, se tordent. Aucun des trois ne veut répondre à une question si lourde.

Il désigne du menton son ministre de l'Intérieur.

Le colosse Fouchet vacille.

La question de l'*usage du feu* ne s'était jamais aussi brutalement posée. Le Général était partisan de la « fermeté », mais il n'avait jamais demandé aussi clairement *qu'on fasse tirer.* Il l'avait entendu évoquer « l'usage du feu », mais pour l'écarter aussitôt. Il s'agissait, en cas d'extrême nécessité, d'intimider les manifestants. On l'avait entendu réclamer de la fermeté, les canons à eau de la gendarmerie ; au pire, des sommations, qu'on tire en l'air. Mais rien d'aussi net qu'à présent. En vérité, les ministres, les grands flics, et même les militaires, s'étaient accordés sur ce point, dans son dos : *pas d'usage du feu*. Ainsi, lors de ces conseils houleux, les ministres l'écoutaient exiger que l'ordre soit rétabli « par tous les moyens ». Ils notaient, acquiesçaient, approuvaient. Ils sortaient même de ces réunions au sommet pleins de zèle, et de fortes résolutions ; tandis que sur le terrain, ils géraient « en douceur ». Tous estimaient, Pompidou le premier, que la « trique » n'était pas la solution. *Il s'agissait de gamins ; la fièvre allait retomber*. Ils étaient tous des pères de famille, d'anciens résistants, et avaient des enfants dans les cortèges. Une insurrection muette s'était ainsi insinuée au cœur de l'État ; une grève du zèle et de la matraque ; un putsch bon enfant. Pour le bien du régime, pour le bien du Général.

Il vient enfin de le comprendre, d'où son courroux. Fouchet voudrait en finir avec cette torture qu'il leur inflige en ce petit matin.

Il marmonne en lui-même, avant de répondre, un ton au-dessus, ému, presque indigné par l'insistance de son chef. « De Gaulle ouvrant le feu sur les étudiants ? Imaginez cela… C'est… C'est… C'est de la folie. »

Le Général observe Fouchet, apitoyé. Le malheureux est gonflé d'émotion, la face sanguine, K.-O. debout, sidéré par son propre sacrilège. La blessure est vive pour le vieux chef.

Une folie ? Parler ainsi d'un de ses ordres, en temps normal, personne n'aurait osé. Le blasphème n'échappe pas à ses compères, qui marquent leur indignation par des grognements outragés, tandis que lui fait mine de ne pas avoir compris.

Il les dévisage. Son dédain est immense. Même les Français libres sont donc atteints par ce mal – il s'en était rendu compte à son retour de Roumanie – qui avait saisi les élites, les ministres, comme les chefs de bureau. Ils étaient dé-com-po-sés biologiquement. Depuis, c'était devenu une idée fixe, chez lui : repérer ceux qui tombaient, les décomposés ; et ces trois fidèles d'entre les fidèles venaient de lâcher, eux aussi. Ils étaient devenus gris bleu, le visage couleur de trouille ; cette teinte particulière au Parisien, selon Balzac, due aux excès, à la bonne chère, à la fumée des villes qui devient violacée sous l'effet de la peur. Cette vision chromatique, amplifiée par la fatigue des nuits blanches, emplit le vieux chef de dédain, autant que de désespoir.

Il connaissait cette couleur, cette décomposition. Trente ans après, il la retrouvait. C'était la couleur du visage des ministres de juin 1940, lorsqu'on les croisait sur les routes poudreuses de la Touraine, fuyant, se perdant, se retrouvant pour palabrer de châteaux en châteaux. Le même abandon physique ; le même avachissement de ces *importants* réduits à rien ; les mêmes conseils d'impuissance qu'on tenait qui ne débouchaient sur rien. Comme en 1940, il a devant lui des zombies. L'abandon. Le mal est profond. Les frontières, les armées, les chefs, tout lâche. Il n'y a plus rien à en tirer, même de ceux-là. Il faudra les relever au plus vite. Il pose sur eux le regard du paysan qui doit se résoudre à conduire ses bêtes à l'abattoir.

C'est le tour de Messmer. Il n'articule pas la question. Il lui enjoint de répondre, d'un coup de menton, où il met une brutale complicité militaire.

« Répondez Messmer ! Ferez-vous tirer ? »

Messmer ne répond pas ; il reste figé ; toujours le regard perdu du légionnaire.

Lui s'en amuse ; prend un air d'inquiétude ; et pour pousser son militaire, surjoue, ironique :

« À moins que… ôtez-moi d'un doute, Messmer, que vous ayez peur de faire tirer… »

Messmer sursaute, mais il résiste à la provocation. Les deux autres ministres retiennent leur souffle ; jusqu'à ce qu'enfin Messmer finisse par lâcher :

« Mon Général, je ne le ferais que si l'Élysée est attaqué… »

En les voyant tous les trois, ainsi alignés, misérables, piteux, il réalise qu'on lui joue la comédie, depuis trois semaines.

*Ils lui mentent depuis le début. Ils ont renoncé. Ils refusent le feu.*

*Tout est foutu.*

Tout s'éclaire. On le balade depuis le début de l'insurrection. Il remet en place les pièces du puzzle ; les réunions de crise et tous ses ordres non suivis d'effets ; les atermoiements du préfet de police, le socialiste Grimaud ; l'emprise de celui-ci sur ce Fouchet velléitaire ; la peur de sortir la trique ; toutes leurs petites trahisons ; les manigances de Peyrefitte pour se défausser sur le recteur des questions de sécurité dans les universités… Il voit l'alignement des faits, le complot des défaitistes. Et la main qui tire les fils de tout cela : Pompidou, son Premier ministre, qui téléguide l'inertie.

On a voulu l'endormir, c'est ça. On le berce d'illusions, avec cette histoire de « modération » dans la répression. Alors en ce petit matin, il se « déchaîne », se délivre de ses chaînes mentales : l'âge, l'usure, la trop grande confiance en Pompidou, les mauvaises habitudes de tout passer à ses ministres ramollis, son manque de vigilance, son propre laisser-aller. Il sort de la torpeur des semaines, des années passées. Il maudit sa vie de président assoupi. Il se réveille, il voit clair enfin. Devant lui il a, non seulement des « décomposés », mais des défaitistes. Pire. Des « déserteurs » qui lui expliquent que *ce n'est ni l'affaire de l'armée, ni celle de la police…*

## 4

## *La bataille d'Alger à Paris ?*

Le jour se lève.

Le spectacle de ces quatre hommes est étrange. Les trois ministres « décomposés », et lui guère plus frais. Un maître du monde ? Plutôt un maître d'école à l'ancienne, et ses élèves penauds, qui regardent leurs chaussures, tandis que le soleil envoie ses rayons trop blancs dans le bureau présidentiel.

Une terrible journée débute ; ils attendent un signe, un ordre, quelque chose qui vienne de lui qui semble si étrange à l'instant. Mais il est bien incapable d'ordonner quoi que ce soit. Plus rien ne fonctionne, il a devant lui les commandes suprêmes, la police, l'armée, l'État ; même eux ne répondent plus. Il ne montre rien de sa rancœur, qui est immense. Il les a déjà exécutés dans sa tête ; ces trois-là sont finis, et il se demande comment sortir de cette nasse, de cette impuissance.

*Il faut changer. Changer de méthode, changer de maréchaux…*

C'est alors que lui vient une idée.
Une idée qui leur clouerait le bec.

*Puisque la police est impuissante à rétablir l'ordre, et puisque l'armée n'est pas équipée pour le maintien de l'ordre, il faut trouver autre chose. Pourquoi pas un professionnel, un militaire qui – justement – saurait faire un travail de police ?*

Voilà la solution, bien sûr.

Il a défini le profil. Il cherche maintenant le mouton à cinq pattes. Le militaire qui se ferait policier sans faire de carnage. Il cherche du côté des anciens d'Algérie, forcément ; les autres sont trop vieux. Des anciens d'Algérie qui n'auraient pas été des putschistes. La liste est courte. Il en reste deux, encore verts : Massu et Bigeard. Les deux spécialistes de la guerre urbaine. Compétents, loyaux, aguerris. Massu ? Tête de mule, pas très souple, et puis déjà à Baden, où il est bien en place. Bigeard ? Plus jeune, moins gradé. Un dur, mais pas un excité : un professionnel aimé de ses hommes, et des populations.

Bigeard, ça c'est une idée… Il n'aurait pas les états d'âme de monsieur mon Premier ministre perdu dans son voyage en Orient ; du délicat monsieur Joxe ; de Fouchet, cette mauviette métaphysique ; ou de Messmer, ce mollusque derrière son air de légionnaire. Bigeard fera l'affaire ; et tellement mieux qu'un civil, Grimaud, ce curé socialiste déguisé en préfet de police, qui passe son temps à discutailler mes ordres, et à « dialoguer » avec les enragés. Bigeard, lui, obéira. Il ne se tourmentera pas, il ne complotera pas.

Il réfléchit encore, se demande, hésite à peine.

Oui, Bigeard, lui, n'hésiterait pas à *faire feu*.

Il a retrouvé son aplomb.

Il lâche un ordre sonore : « Bigeard. Il nous faut Bigeard… Faites venir Bigeard. »

La simple évocation de Bigeard achève les trois ministres. Chacun a connu la guerre d'Algérie de près, de l'intérieur, et aucun ne voudrait revivre cela. Bigeard : le nom ressurgit des ténèbres. La bataille d'Alger, la guerre des frontières, la « méthode Bigeard » ; les hommes-léopards dans les villes et le bled… Joxe est raide, tremblant, humilié ; toute sa vie d'humaniste gaulliste piétinée devant lui. Fouchet a l'air d'être habité ; il part dans une sombre rêverie à haute voix, où il exhorte à renoncer aux hommes-léopards ; il se souvient de *l'horreur des villes malades de la peste, avec chaque jour des morts, parfois des dizaines, parfois même des centaines…* L'autre s'emballe, il n'écoute plus.

C'est alors que Messmer, cachant mal son soulagement, signale une difficulté : « Bigeard ne peut pas, il vient d'être nommé chef de nos armées au Sénégal, il se trouve à Dakar… »

Le Général tourne les talons.

« Faites venir Bigeard ! »

C'est sur cet ordre qu'il rompt le matinal conseil.

## 5

## *Qu'est-ce qu'un carnage ?*

Cette journée-là, il était redevenu chef d'armée. Il avait repris pied. La *perspective Bigeard* l'avait libéré des civils, des couards, des agrégés et de leurs scrupules. Ainsi, contredisant ses ordres précédents, il avait – dans un désordre savant – convoqué le général Lalande, chef d'état-major particulier ; le chef d'état-major général ; un par un les quatre aides de camp ; et demandé enfin qu'on lui passe son gendre à Metz, le colonel de Boissieu, sur une ligne sécurisée. Bien entendu, en vertu du principe qu'il enseignait à l'École de guerre – *l'effet conjugué de la dissimulation et de la surprise* –, il ne leur révéla rien de son « plan B ». Il interrogea tous ces militaires, sonda, se renseigna, brouilla les pistes, vérifia. Au terme de ces échanges, il exigea qu'on ne le dérangeât sous aucun prétexte ; et crayon à la main, il se mit examiner l'*éventualité Bigeard* sous toutes ses coutures.

*La temporalité ?* Le temps de mobiliser, de cinq à dix jours. Il faudra tenir d'ici là.

*Le PC de commandement?* Des circuits courts, pas de paperasse, ni de courroies de transmission qui ne transmettent rien.

Le cadre juridique et organisationnel?

La zone d'intervention?

Le but de guerre? Ne jamais partir sans but de guerre!

*Les objectifs?* Reprendre la rue à Paris… Reprendre les centrales électriques et les raffineries – *ça se ferait vite.* Dégager les usines Renault. Libérer Sud-Aviation. Et le siège de la Télévision nationale. Ne pas oublier Lyon, Toulouse, Grenoble, Nantes, Saint-Nazaire…

Après un moment, les priorités se bousculaient sur le territoire. Les cibles rivalisaient entre elles. La liste d'objectifs était plus longue qu'il ne l'aurait cru.

Il resta un moment impressionné par ce front qui s'étendait bien au-delà de Paris, de la ceinture rouge et du Quartier latin. Il acheva son tour d'horizon par la question centrale: «Et maintenant. Combien d'hommes pour Bigeard?»

Et là, il sèche. Il ne veut surtout pas alerter son état-major, alors il cherche par lui-même. Il hésite, il bricole; décide de faire des rapprochements historiques, *grosso modo.* Pour la bataille d'Alger, Massu devait disposer de dix mille hommes, y compris police et gendarmerie; mais Paris est plus gros qu'Alger, surtout avec la banlieue. Il passe en revue les précédents historiques. La bonne référence, il la trouve encore dans son XIXe. C'est Cavaignac, les journées de juin 1848… Le général, président éphémère de l'éphémère IIe République, a pu compter, pour réprimer l'émeute gauchiste de l'époque, sur vingt mille hommes, dans une capitale bien moins peuplée ! Au passage, il est frappé par le « bilan » de Cavaignac : cinq mille morts, peut-être quinze mille sans compter les exilés.

Disons, au bas mot, vingt mille hommes !

Il n'était vraiment pas – il s'en rendait compte – un spécialiste de la guerre en milieu urbain. Le chiffre le laissa songeur. Vingt mille hommes. Deux divisions. Où les trouver ? Il y avait bien les divisions de l'Est, des divisions « sûres » selon Boissieu, moins les appelés. La Légion évidemment. Deux ou trois bataillons de gendarmerie. Avec tout cela, on était loin du compte. Vingt mille ! D'un coup de crayon, il fit tapis, ajouta les CRS en réserve, quelques régiments ramenés d'Afrique, et les régiments les plus sûrs d'Allemagne, si les Russes ne bougent pas…

Vingt mille hommes. Mettons qu'on les trouve.

Et, pour la première fois, il les envisagea ces vingt mille soldats, armés, casqués, grimés. Ce n'était plus une entité abstraite. L'armée-léopard de Bigeard dans la ville, à la Concorde, arpentant le Quartier latin et ses ruelles ; reprenant l'Odéon et la Sorbonne ; patrouillant aux portes de Paris, sur les grands boulevards, à Nanterre, à Boulogne-Billancourt. Il imagina Bigeard dans les murs. L'article 16, les pleins pouvoirs. Les quartiers chauds bouclés. Le couvre-feu. L'internement des meneurs. Vingt mille hommes, ce n'est pas rien. C'est une vraie armée. On ne la manœuvre pas comme ça, surtout dans une ville comme Paris, et ses faubourgs. Une bêtise est si vite arrivée, elle peut être fatale. Car c'est aussi vingt mille fusils.

On a beau donner l'ordre de « faire feu avec discernement », il y a toujours un incident ; on n'est jamais à l'abri. Il suffit d'un rien. Une torche, un pétard, le coup de feu d'un provocateur derrière une fenêtre, un « bleu » effrayé qui tire et entraîne la mitraille de ses camarades. Dans ces cas-là, on ne contrôle rien. On n'est pas là pour les arrêter. *Ni moi, ni Bigeard, fût-il Bigeard.* En quelques secondes, c'est le carnage. Il savait trop comment était tombé Louis-Philippe, le dernier roi. Bêtement. À cause d'une torche qui avait effrayé un gendarme. Une simple torche qui avait mis fin à dix-huit ans de règne.

Le 23 février 1848, après seulement deux jours d'émeutes, Louis-Philippe a repris en main le pouvoir. Il a calmé le peuple. Il vient de révoquer l'impopulaire Guizot, le Pompidou de l'époque. Tout était rentré dans l'ordre. Lorsqu'un incident idiot survint.

Des Parisiens déambulent sur le boulevard des Capucines. Ils fêtent le départ de Guizot. Le cortège est bon enfant, sous les lampions et en musique. Un manifestant tient une torche à la main, comme tant d'autres ce soir-là. Il s'approche d'un militaire, à l'angle du boulevard des Capucines. Celui-ci se sent menacé, il ouvre le feu ; les autres soldats le suivent. L'armée va laisser sur le pavé cinquante-deux manifestants tués. La fusillade des Capucines sera fatale à Louis-Philippe.

Paris s'enflamme à nouveau. Les insurgés font défiler les cadavres dans Paris, en un cérémonial impressionnant. De nuit, à la lumière des torches. Sur une charrette, les cinquante-quatre cadavres ont été disposés. Le peuple est médusé, et devant ce spectacle funéraire tout va se réactiver. Le palais des Tuileries est pris d'assaut. Louis-Philippe refuse de faire tirer à nouveau sur la foule. Le lendemain, il s'enfuit *in extremis*. Un instant, le Général éprouve de la compassion pour le roi des Français, que le peuple manque de rattraper dans sa berline, à la porte du Palais qu'elle vient d'investir. Une fuite minable, après une fusillade idiote.

Un carnage ? Il y revient. *À propos, qu'est-ce qu'un carnage ?* Il se pose la question, benoîtement, sans a priori, sentimentalisme, ou jugement moral. En professionnel. À partir de combien de morts peut-on parler de « carnage » ? La question lui semble pertinente ; indicible aux autres, aux ministres apeurés, aux *humanistes* ou aux *curés*, mais lui l'affronte. Il soupèse, il dose, il évalue les pertes civiles « acceptables » :

« Cinquante-quatre morts pour Louis-Philippe, et saute... Vingt mille, peut-être trente mille morts pour la Semaine sanglante, à la chute de la Commune de Paris, et Thiers est acclamé... Allez comprendre ! »

Le paradoxe le laisse songeur. Il reprend sa macabre comptabilité. Il l'applique à une époque récente, et reste désorienté.

« Le 6 février 1934 ? Une vingtaine de morts, et le régime vacille... Là encore, allez comprendre ! »

Il ne peut que le constater et le déplorer : *le XX^e^ siècle a le cuir sensible.*

Il y aurait une limite « supportable » relative à chaque époque ; il s'agit de la trouver. Il s'emploie donc à trouver ce chiffre des « morts supportables ». Il se lance dans un savant et acrobatique calcul. Établit une péréquation entre le nombre de tués, le charisme du chef et l'âge du régime politique. Fixe un quotient au XXe siècle. Corrige le premier chiffre, forcément faramineux, par ce quotient du siècle. Un chiffre sort, on ne sait comment, de ce calcul inspiré.

Deux cents morts. Deux cents morts, c'est le maximum acceptable, pour lui, mais tout compris. Il comptait dans ce chiffre la totalité des actions de reprise du contrôle du pays, à Paris et en province. Au-delà, ce serait un « carnage » ; et il ne s'en remettrait pas. Au terme de ce parcours arithmétique, il se trouve un peu dépité.

« Deux cents morts… Même de Gaulle ne peut pas se permettre plus, hélas. »

Son « hélas » est sincère, désolé, clinique.

# 6

## *Ramasser le pouvoir*

Regrette-t-il, maintenant qu'il est cerné dans son palais, de ne pas avoir appelé Bigeard ? Il ne sait plus ; il guette, il réfléchit, il espère la paix de la nuit. Un bruit attire son attention. Une *note blanche*, tamponnée confidentiel-urgent, glissée sous la porte, par une ombre. Il lit ce rapport avec avidité, soucieux toujours d'en savoir plus sur le lendemain. Pour la manifestation communiste, Matignon, généralement prudent, prévoit un million de manifestants. *La plus grosse manifestation depuis le début des événements*, a entouré en rouge une main anonyme. Mais ce qui l'alerte davantage, c'est cette autre information. Des armes auraient été distribuées aux militants cégétistes. Elles auraient été débarquées par bateau ; d'autres auraient transité par la frontière allemande ; elles viendraient de l'Est, probablement de Tchécoslovaquie. La note précise enfin que, selon des « sources bien informées », « à la faveur de la manifestation, les communistes chercheraient à investir quelque bâtiment public, l'Hôtel de Ville », « peut-être l'Élysée… »

C'était la confirmation.

L'ambassadeur soviétique avait eu beau le rassurer, par un intermédiaire, jurer son amitié au Président, et ajouter qu'à Moscou on aurait maté ces troubles en deux jours... Foccart, au Don Camilo, le cabaret où il rencontrait les résistants du PCF, ses amis, les avait trouvés « presque gaullistes, et haïssant par-dessus tout la chienlit gauchiste ». Waldeck Rochet, le numéro un du PCF, avait affirmé à son gendre Vendroux : « Dites bien au Général qu'il n'a pas le droit de s'en aller. »

Il n'en démordait pas, il s'était fait sa religion, et cette note confidentielle venait le conforter.

*Le PCF serait contraint de prendre le pouvoir. Sous la pression des événements, et de ses troupes. Le pouvoir, il suffisait de le ramasser.*

L'affaire de Boulogne-Billancourt l'avait impressionné. La veille, devant l'usine Renault occupée, douze mille grévistes avaient conspué leurs propres chefs, venus leur rapporter leur trophée. Les 35 % d'augmentation du SMIG arrachés à Pompidou. Séguy avait été sifflé par ses troupes ; et le vieux Frachon malmené. Les chefs communistes ne pouvaient plus se permettre d'être ainsi débordés par leurs extrémistes.

Les communistes sont des gens sérieux ; les seuls dans ce pays qui fout le camp. *Ils vont bien être obligés de suivre leurs troupes* ; et demain leurs troupes vont s'en prendre à lui. Pauvre roi cerné, dans ce maudit quartier pour homme d'affaires et riches touristes.

Une pétarade plus forte que les autres le fait sursauter. Il respire mal, il étouffe dans ce palais qu'il n'a jamais aimé. Il ne s'y sent pas en paix, ni en sécurité ; et ce soir moins que jamais. À la merci du moindre bruit, d'une moto, de l'humeur du peuple parisien, de ses poussées de fièvre qui désormais touchent la Rive droite. Cerné par tous les dangers, les vents qui charrient les bombes lacrymogènes, et les slogans des enragés que, l'autre soir, on pouvait entendre des jardins du Palais : « De Gaulle, on s'en fout », « Dix ans, ça suffit »... Il l'a toujours dit ; il manque à l'Élysée de la majesté, et de la sécurité. La présidence de la France ne peut être encastrée dans Paris, perdue dans cet entrelacs de rues et de ruelles ; au beau milieu d'hôtels pour étrangers, impossible à protéger en cas d'émeutes parisiennes. C'est un palais de la main gauche prétentieux, malcommode ; un nid à poules offert par Louis XV à la Pompadour. À son retour, dix ans plus tôt, il avait voulu installer la présidence au château de Vincennes ; un lieu de tradition militaire, à sa mesure ; dans la lignée des meilleurs rois de France. On y aurait fait poser les hélicoptères ; on se serait rendu plus vite à Colombey ; et surtout, Vincennes se tenait à l'écart de tout ce mauvais sang parisien, à l'écart de ces artères, de ce flux, des humeurs, de la circulation, de tout ce qui fait le caractère imprévisible du peuple parisien. Les fonctionnaires avaient fonctionné. Une fois de plus, on ne l'avait pas suivi.

Il remarque, en le relisant, que ce rapport *confidentiel-urgent* n'est pas dépourvu de cet humour courtelinesque propre aux hauts fonctionnaires. Car « en outre », on se voulait rassurant ! En prévision de la grande manifestation, on renforcerait la protection du Palais ; on établirait des barrages rue Saint-Honoré, place Beauvau, etc. ; et on doublerait les plantons au bas de l'escalier menant aux appartements privés. La belle affaire…

Comment, en attendant la troupe, cette *bande de mousquetaires* pourrait-elle contenir la foule qui risque de déferler ?

Son funeste rapport à la main, il mesure la situation.

*Demain, le peuple marchera sur le Palais, et il sera armé.*

La menace le fait sortir de cet état de stupeur dans lequel il se trouve depuis des nuits et des jours. Il décide d'affronter l'obstacle.

De la gare Saint-Lazare où doit se disperser la manifestation, jusqu'au Palais, il y a *au bas mot* un kilomètre, deux peut-être…

Il suffit de se laisser rouler.

Un bon marcheur franchit la distance en une demi-heure ; une heure au plus, au pas d'un manifestant.

Disons… Entre une demi-heure et une heure pour être là, à l'Élysée.

Il imagine le lendemain, il veut voir, entendre, sentir.

La foule, la vague immense, les slogans et les cris, les drapeaux rouges, les drapeaux noirs, leurs chants révolutionnaires, le pavé de Paris pris par les ouvriers, les demoiselles de magasin, le peuple des sans-culottes, les étudiants, les lycéens plus enragés encore, les bourgeoises du XVIe bras dessus bras dessous avec les grévistes de Billancourt, les ménagères avec leurs poussettes, tous ceux qui veulent en finir avec lui. Par les armes !

Le million ne suivrait pas, bien sûr ; les prudents et les familles resteraient à l'écart.

Mais il suffirait d'un rien pour que cette marée soit détournée par les dirigeants communistes, et que le flot se répande sur l'Élysée. Il suffirait d'un ordre, d'une étincelle, d'un slogan plus sonore que les autres, d'un « rouge » à la voix de stentor, pour que la manifestation finisse sur l'Élysée.

Il voit la marée humaine, à quelques rues du Palais.

Un flux insaisissable.

Il se souvient des nuits d'Hugo, « une enjambée pour ce géant qu'on appelle l'émeute », et il frémit.

Pour la première fois, il appréhende la menace, vraiment.

Ainsi pris en étau, le Palais ne tiendra pas ; il deviendra un piège, et rien n'arrêtera le torrent. Le flux sera irrésistible. Il se faufilera par toutes les portes, et elles sont nombreuses : rue du Faubourg-Saint-Honoré, rue de l'Élysée, la grille du Coq, avenue Gabriel, et même place Beauvau où le barrage cédera sans mal. Ce sera un jeu d'enfant pour *l'entreprise totalitaire*.

C'est écrit.

Demain, les communistes ne peuvent que *ramasser* le pouvoir.

Il arrête là son histoire.

Il fige – mentalement – le flux irrésistible des enragés dans son film intérieur.

La populace à l'assaut du Palais, à l'angle de la rue Royale et de la rue Saint-Honoré.

*Et là, comment vous arrêtez le torrent ?*

*Vous tirez ?*

*Vous ne tirez pas ?*

# 7

## *Une mort à la Mussolini ?*

*Mettons… Demain… On ne fait pas tirer…*

Il ferme les yeux. Il peut reprendre son scénario. Là où il l'a laissé.

À l'angle de la rue Saint-Honoré et de la rue Royale.

Il veut visualiser la scène, l'assaut, jusque dans ses moindres détails : la populace se ruant, les couleurs, les cris, la gueule terrible des mégères en colère, la mine des ouvriers qui veulent en découdre. Le flux insaisissable qui, fracassant *de son pas de géant* les misérables barrières et les gardes mobiles, pénètre dans le Palais par les entrées, les portes, les fenêtres ; et se répand partout, dans les bureaux, les salons d'apparat, les deux ailes du Palais, le parc alentour. À la tête de tout cela, les insurgés en chef, les plus audacieux, qui le cherchent, déboulent en haut des marches, et le trouvent là.

Il sera seul, sans garde, sans protection ; il les attendra d'un pied ferme. Il saura les affronter. *N'a-t-il pas choisi d'explorer toutes les éventualités ?*

Le groupe, ces hommes décidés et quelques femmes sans-culottes, rentrera dans son bureau, étourdi, sans égards, avec fracas, comme on le fait durant les révolutions.

Lui se tiendra là, au bureau. Derrière ou devant ? Debout ou assis ? On verra.

Et en le voyant ainsi, en pouvant l'approcher, en découvrant son dénuement, ils seront saisis. Forcément. En un regard, une poignée de main, un peu de son fluide, il en refera des hommes. Des Francs assagis par le roi thaumaturge. Au bout de cette audience impromptue, ils se retireront, calmés, guéris, apaisés par ces pouvoirs magiques qu'on prête – aussi – à ces rois du Moyen Âge. *De Gaulle les valait bien.*

Il interrompt sa rêverie.

Non, il faut voir les choses en face.

Il n'aura pas le temps de dire, de voir, de rien…

Le déferlement sera trop fort ; la rage sans freins. La populace se jettera sur lui, et quelques minutes plus tard, sa tête sera au bout d'une pique, et son corps martyrisé, massacré, jeté dans un coin de la pièce.

Cette image l'humilie plus qu'elle ne l'effraie.

Une mort à la Mussolini, pauvre cadavre, sali, humilié, photographié, figé ainsi pour l'Éternité. Durant quelques instants, il a du mal à se défaire de cette image.

Il divague, il est loin déjà, lorsqu'on frappe à la porte avec une insistance inhabituelle.

Il reste dans la brume de ses pensées, ne change rien à son maintien relâché, le regard intérieur fixé sur ce pauvre cadavre. On frappe encore. Comme le vieux lion chasse un essaim de mouches, il repousse cette vision d'effroi ;

chausse ses lunettes, et tente, pour trouver une contenance, de reprendre une lecture interrompue. Un livre sur l'exil de Napoléon, *Sainte-Hélène et son siècle, ou le triomphe de la croix*, écrit en 1856 par sa grand-mère paternelle, Joséphine-Marie de Gaulle, dont il aime la plume méticuleuse et informée, autant que l'audace. Ce n'était pas ordinaire, une femme, de province, en ce temps-là, qui publie soixante-dix livres, des pièces de théâtre en pagaille, une biographie de Chateaubriand, un livre sur le sourd-muet, des recueils de maximes pour familles catholiques ; et puis ce livre sur Sainte-Hélène, un signe peut-être…

Le visiteur insiste. Le vieux chef finit par héler qu'on entre, et, en levant les yeux, voit s'avancer celui qui fait office de grand chambellan, Jacques Foccart, une tête d'espion sur un corps d'épicier.

# 8

## *Cabinet noir*

Le *Secrétaire général pour les Affaires africaines et malgaches* jouit d'un statut particulier au Palais. Il peut entrer dans son bureau sans être annoncé ; il peut se permettre beaucoup d'ailleurs. Il aime bien ce *voyou* ; c'est le seul qu'il supporte encore au Palais. Les autres, les éminences, les crânes d'œuf, sont devenus inutiles, déprimants, *dé-com-po-sés bio-lo-gi-que-ment,* sauf Foccart et quelques aides de camp sentimentaux. L'influence de Foccart sur le Général a toujours été importante ; à la mesure du goût de son patron qui trouvait normal de disposer d'un « cabinet noir », à l'instar des grands chefs de l'Histoire ; et avait toujours eu du goût pour les méthodes expéditives. Avec la crise de Mai, cette influence était devenue décisive. Foccart était chargé de l'Afrique et « du reste », ce qui signifiait les sales besognes du régime, et les polices parallèles que le régime entretenait en France et en Afrique. Il avait la charge – de plus – de madame de Gaulle, dont il était le visiteur le plus assidu.

Encore dans les vapeurs de son songe, il observe Foccart avec insistance. Il le dévisage et se demande si c'est bien ce genre de compagnon que Napoléon avait choisi d'emmener à Sainte-Hélène. Foccart sera-t-il son Montholon ? Son général Bertrand ? Son Gourgaud ? D'ailleurs, voudrait-il embarquer, s'il devait y avoir un Sainte-Hélène ? Lui sacrifier sa carrière, sa vie, son Afrique ? Et lui, le supporterait-il longtemps ce serviteur zélé, dans un exil réduit ?

*Sainte-Hélène,* le titre de l'ouvrage, n'échappe pas à Foccart. Il croit comprendre, et en perd un peu ses moyens, lorsqu'il commence à lui vendre son idée du jour pour lutter contre la subversion.

Une grande contre-manifestation de soutien, auquel le chef ne prête guère attention.

« Nous avons des troupes, monsieur le Président. Dans tout le pays, des hommes sûrs. Une grande manifestation de soutien. À la Concorde, le peuple debout contre le coup d'État rouge… »

Il ne comprend pas vraiment de quoi il retourne. Il est venu lui parler, pauvre fou, du *sursaut de la Nation.*

*Quel sursaut ?*

*Quelle Nation ?*

Il ne voit rien venir, pas le moindre *peuple debout.* L'idée lui semble farfelue, mais à quoi bon décourager Foccart ? Celui-là au moins ne le lâchera pas. Il ne restera pas l'arme au pied. Il n'ira pas, comme tous les autres, se jeter dans les bras de Pompidou, de Mendès ou de Mitterrand. Devant la ferveur de son conseiller, il finit par sourire tristement :

« Ne vous obstinez pas, Foccart. Ils étaient si peu à venir me rejoindre le 18 juin… »

Foccart s'enflamme pourtant. Et il le laisse dire, toujours incrédule, bercé par son ronron amoureux.

« En plus des régiments sûrs, que vous connaissez, nous pouvons compter à travers le territoire sur des milliers d'hommes (et pas des gaullistes seulement !) prêts à prendre les armes dans la journée. »

Depuis le début de la crise, Foccart était en effet à la tête d'une petite armée de l'ombre, bricolée dans l'urgence et sur le pied de guerre. Des anciens de la France libre, encore verts ; une tripotée de barbouzes, ceux qui n'avaient pas été tués en Algérie par l'OAS ; des voyous de la bande de Jo Attia, et quelques karatékas Viêt-cong recalés par la CIA.

Il s'amuse, en écoutant le petit homme rondelet se chauffer. Il l'imagine sur les barricades, dans un char ou dans un maquis du Forez, bourrelé dans son uniforme ressorti du placard ; trop nourri, trop gâté, trop roi d'Afrique. Trop vieux surtout.

Tandis qu'il doute en eaux profondes, l'autre part en guerre, déjà. Des régions militaires secrètes vont être créées. Des stocks d'armes sont disposés sur tout le territoire. Des stocks clandestins d'essence existent. L'armée secrète est l'arme au pied. Elle n'attend qu'un ordre. Foccart ajoute *mezza voce*, un peu confus : « On a dû faire aussi appel à d'anciens OAS… »

À ce mot, OAS, le Général prend un air offusqué, mais pas trop.

« Ils sont motivés… plaide Foccart, qui connaît son maître. Ils sont devenus inoffensifs, mon Général. »

Il grommelle, pour la forme, et rédige une note à l'attention du directeur de cabinet, demandant qu'on remette 100 000 francs à Foccart, sur les fonds secrets, pour organiser son improbable tintouin. Puis, d'un mouvement de menton, il lui enjoint de passer à autre chose. C'est ainsi qu'il communique, sur les affaires sensibles, avec son conspirateur préféré. Mais ce soir, son anxiété ne trompe pas Foccart.

« Et pour demain, comment voyez-vous les choses ? »

Foccart qui, jusque-là, avait voulu éviter le sujet, répète avec la sobriété du professionnel ce qu'il sait déjà. Les chars de Satory ont pris la route de Paris ; les abords du Palais seront assurés par des renforts de gardes mobiles… Le chambellan conclut son inventaire, d'un air assuré : « Et concernant votre sécurité – et celle de madame de Gaulle –, toutes les mesures ont été prises. »

Il comprend, et s'agace.

*Encore cette histoire d'hélicoptère…*

Une réunion secrète s'était tenue au Palais, quelques jours plus tôt, dont il avait eu vent. À l'insu de tous, du cabinet, des chefs militaires, et de lui-même, Foccart avait fait travailler les aides de camp sur une situation extrême : l'attaque du Palais et la possibilité de « soustraire le Président à une action de masse hostile ».

Plusieurs hypothèses avaient été évoquées.

*L'exfiltration terrestre.* Il existait dans le parc du Palais un passage souterrain. Il s'agissait d'une ancienne voie d'accès aux égouts. Elle avait été condamnée, quelques années plus tôt, au moment où l'on craignait une opération de l'OAS. Les hommes du Palais avaient imaginé qu'on pourrait la déboucher et l'utiliser pour échapper à un assaut. Foccart avait refusé de présenter cette option. Il imaginait sa réaction devant cette idée dégoûtante : la fuite par les égouts d'où surgiraient en plein jour, comme si de rien n'était, le Général et la pauvre madame de Gaulle ; et surtout l'accueil qu'on ferait à cette option.

L'autre hypothèse, la seule sérieuse pour Foccart, c'était *l'hélicoptère*.

« Nous avons fait venir des spécialistes, des anciens de la 2e DB… Ils sont plus sûrs, mon Général, que nos pilotes du Glam, que nous ne contrôlons pas tout à fait. Selon eux, l'hélico qu'on utilise pour les déplacements officiels, peut se poser face au perron du Palais, qui domine le parc.

« J'ai fait vérifier… C'est juste, mais possible, insiste Foccart, en spécialiste des missions casse-cou. Ne vous inquiétez pas monsieur le Président… »

Il fait mine d'apprécier en militaire, mais il est un peu ballotté par le scénario de Foccart. Il acquiesce, pour ne pas le vexer, puis aussitôt d'une moue, doute de la faisabilité.

« S'ils attaquent le Palais, nous disposons d'un quart d'heure, le rassure Foccart. Ils resteront en alerte. En cas de problème avec la manifestation, il ne faudrait pas traîner, et de là, il pourrait s'échapper… »

Foccart rougit, et se reprend : « S'envoler… »

Il se lève, le remercie fraîchement, et le raccompagne sans s'attarder.

Il étouffe tout à coup sous la sollicitude de Foccart. Il était fidèle, peut-être le plus fidèle, habile, tordu, diabolique parfois, mais si bête. Chez lui, tout n'était que vœux pieux, amour aveugle, fidélité entêtée, comme les autres, ceux qui lui restent. Des vieillards nostalgiques qui se racontent des histoires ; et qui lui en racontent à lui. *Le sursaut, l'ardeur, le 18 Juin comme avant…* Il préfère encore les traîtres, et leur froide lucidité, à ces sots aveuglés par leur fidélité. En imaginant, le lendemain, les deux aviateurs de la 2e DB rameutés par Foccart ; rougeauds, bourrelés dans leurs flying jackets ressorties de la naphtaline, aux commandes de l'hélico, l'arrachant, lui et madame de Gaulle, *in extremis*, à la foule en train de se répandre dans le Palais, il a un haut-le-cœur.

De Gaulle en monte-en-l'air ! Impossible. Insupportable. Aussi misérable que la fuite de ce pleutre de Louis-Philippe qui, entendant la mitraille à la porte des Tuileries, boucla fissa sa malle, et fut traqué jusqu'au port de Honfleur, où il sauta dans un bateau pour l'Angleterre. Fuite piteuse, indigne de lui. Quelle vulgarité ! Partir comme un voleur. Pas même l'audace, la belle folie de Gambetta s'envolant en ballon, sous les vivats du peuple de Paris, et sous les balles des Prussiens, pour sauver la République. Non, décidément, cette idée de se faire la belle par les airs lui répugne.

Ce n'est pas ainsi qu'il s'en ira, la populace à ses trousses.

## 9

## *« Dormez-vous, Pompidou ? »*

« Dormez-vous, Pompidou ?
— Oui, quand j'ai le temps…
— Vous avez de la chance… »

Georges Pompidou a passé deux nuits blanches, et il est radieux. Il raconte par le menu, gouailleur et assuré, *son week-end avec les cocos* ; les deux journées, et les deux nuits passées à négocier avec les syndicalistes… Le Premier ministre avait tenu à ce tête-à-tête d'après dîner, peu conforme aux usages. Le Conseil des ministres de la veille avait été tendu, et le Général hostile aux accords signés le matin même rue de Grenelle. Alors, il met tout son talent pour détendre l'atmosphère ; et déroule, tel le rescapé d'une mésaventure qui finit bien, les tractations nocturnes avec Krasucki et Séguy ; le gros rouge, les bons mots, le sauciflard partagés ; la jalousie des *cathos de la CFDT* qui font table à part ; les avancées, les reculades, les portes claquées, les coups tordus du week-end ; tout le théâtre de la négociation sociale à haut risque. Au passage, il insiste sur les prouesses du jeune Chirac qui, en amont, a bien préparé ces négociations « musclées » ; *il avait pris ses précautions.* D'un geste de bandit de cinéma, il fait comprendre que le ministre était armé durant ces rendez-vous clandestins avec la CGT.

Au terme de son picaresque récit, Pompidou n'a pu lui tirer le moindre sourire. Le Général change de sujet, et lui demande, tendu, impatient, sans rien cacher de son désarroi :

« Bon, comment voyez-vous la suite... Demain, la grande manifestation... ? »

Pompidou est décontenancé par cette inquiétude sans masque, qui semble étrangère au chef orgueilleux. Il reprend son sérieux ; informe, rassure, dresse l'état des renforts venus de province, les tanks positionnés en région parisienne, les stocks d'essence secrets qu'on garde en réserve, et les protections prévues pour l'Élysée, le lendemain. Mais son chef sait tout cela ; il le coupe, tout à son inquiétude :

« Mais selon vous, que veulent-ils, vraiment ? Les communistes, demain ? »

Pompidou flotte un peu, avant de répondre :

« Le problème est posé de leurs intentions. Vont-ils tenter une action réellement révolutionnaire ? C'est possible. Le fait que le rassemblement ait lieu derrière l'Hôtel de Ville peut suggérer qu'ils pensent s'en emparer, et refaire la Commune de Paris... Dans ce cas, si vous en êtes d'accord, je ferai intervenir les chars... »

Mais le vieux chef est déçu. Il attendait mieux, une lumière dans le tunnel, une solution. « Je sais... Je sais. Mais il est trop tard. Ils ne pourront rien faire, demain, vos chars. »

Pompidou, qui regrette d'avoir alimenté la « boîte à chagrin », tente de faire machine arrière :

« Mais tout bien pesé... Je crois que les communistes se borneront à faire une démonstration de force. Pour rappeler à tous qu'ils sont les seuls susceptibles de prendre le pouvoir si l'État s'écroulait. »

Il écoute Pompidou, mais son changement de pied l'inquiète plus encore. Dialectique de bazar. Il le jauge un moment, avant de laisser tomber :

« Vous êtes trop optimiste, Pompidou. »

Le silence qui suit rend la sentence plus lourde encore :

« D'ailleurs, depuis le début, vous êtes trop optimiste. »

Pompidou se défend, piqué au vif, comme pris en faute : « En quoi me suis-je trompé ? »

D'un ton boudeur, presque enfantin, le Général lui rétorque : « Vous m'aviez dit que vous arriveriez à un accord avec la CGT.

— Mais... Je l'ai eu cet accord... ! proteste le Premier ministre qui perd de son assurance. C'est la CGT qui n'a pas pu le faire approuver, et c'est la raison pour laquelle le PC fait un effort pour reprendre la direction du mouvement. Ça nous coûtera cher, mais on aboutira. »

La moue du Général est narquoise, et son regard mauvais ; et tandis que Pompidou se défend encore, il n'écoute plus. Il le toise et il rumine.

*Monsieur Pompidou, c'est la Marquise de la chanson.*

*La maison flambe. L'État perd pied.*

*Les communistes sont aux portes du Palais...*

*Et pour lui, tout va bien!*
*Un irréaliste, un sentimental, un faible, voilà ce qu'il est.*
*Et un agrégé.*

Pour l'ancien saint-cyrien, une grille d'explication avait fini par s'imposer dans cette crise. La caste des normaliens, cette bande rivale avec à sa tête Pompidou, était responsable de la chienlit. Les *ulmards* étaient à l'origine de tout. Ils avaient refusé le changement. Ils avaient salopé son ambition d'établir la sélection à l'université. Ils avaient tout empêché, et d'abord de réinventer l'école et l'université qui craquaient de tous côtés... Il connaissait le pouvoir des normaliens, leurs mœurs, leurs solidarités douteuses, depuis la IIIe République où il les avait vus à l'œuvre. Dans son gouvernement, il savait qui l'était, qui ne l'était pas; et de fait, ils étaient nombreux. Pompidou, tous les autres. Joxe? Normalien, tellement Rive gauche. Fouchet? Lui aussi, derrière son air de commissaire, un cérébral tourmenté. Peyrefitte? Encore un ulmard; ondoyant comme ils le sont tous. Gorse, le ministre de l'Information? Normalien, lui aussi, si bavard qu'il préfère toujours les journalistes, ses bons amis...

Ils ne veulent rien changer à leur affaire, l'école, l'université, la sélection, car ils viennent tous de là. La rue d'Ulm.

Sartre et Pompidou, même combat.

Tout s'explique.

Cette théorie avait l'avantage de le rassurer sur la pertinence de son regard sur les hommes.

Depuis le début de l'audience, il tient une note dans le fond de sa main. Il la garde, serrée comme un joker en réserve. L'arme qui ferait perdre de l'arrogance à son Premier ministre. Et pendant que l'autre n'en finit pas, avec ses explications sur les byzantines divisions syndicales qui retarderaient l'effectivité des accords de Grenelle, il l'interrompt, pour la lire à haute voix :

« Quoi que vous disiez, ces accords sont fragiles. Inexistants même ; on me rapporte qu'hier à 10 heures, ils étaient douze mille grévistes à les rejeter, à l'usine Renault de Boulogne-Billancourt. »

Il insiste sur le nombre :

« Douze mille grévistes ! Séguy contesté par ses propres troupes ! Même le "vieux Frachon" a été malmené, me dit-on.

— Oh, ce ne sont que des demandes de rallonge... Du classique. »

Pompidou n'a même pas répondu. Il a balayé la remarque d'un geste désinvolte, sans même le regarder.

Pour lui, c'est un soufflet.

En vingt-cinq ans, dont six à Matignon, il a tout passé à ce Premier ministre *moderne*, ses fantaisies à la télévision, Guy Béart, Alain Delon, ses virées en bateau avec Guy et Marie-Hélène de Rothschild, leurs week-ends à Saint-Tropez, les pantalons de sa femme, les projections rue de Lübeck, son bolide Porsche dans *Paris Match*. Tout passé, même ses cadeaux au patronat, et la nomination de ministres appelés « pompidoliens ». Mais ce ton, cette autorité, ce manque d'égard envers le chef ? La manière est nouvelle, inédite, inouïe !

En lui laissant « les mains libres » pour régler la crise, comme Pompidou le réclamait, il n'avait pas imaginé cela. Cet air de commandement que Pompidou se permet désormais…

Tout s'était joué le 11 mai au soir. Pompidou, de retour de son voyage en Afghanistan, se précipita à l'Élysée. La révolte avait flambé depuis le départ du Premier ministre, dix jours plus tôt. Ses maréchaux flageolaient ; plus rien ne fonctionnait ; alors par lassitude, par manque d'alternative, il avait cédé à Pompidou : « Si vous gagnez, tant mieux. La France gagne avec vous. Si vous perdez, tant pis pour vous. » En une heure, il lui avait accordé tout ce qu'il avait refusé aux autres. Rouvrir la Sorbonne et l'Odéon ; libérer les étudiants emprisonnés ; lâcher sur la répression ; et même sur la promesse d'une amnistie générale. Mater la jeunesse, ce n'était – c'est vrai – ni de son niveau, ni de son âge. Ce soir-là, il lui avait donné les pleins pouvoirs ; et ne cessait de le regretter.

Depuis, le Premier ministre tranchait, décidait, expédiait, et se permettait même de maltraiter les barons gaullistes. Avec ce camouflet à l'instant, un cap venait d'être franchi. Un cap mortel.

La mort, sa propre mort, il l'avait vue rôder, la veille, durant cet étrange Conseil des ministres. Il n'y en avait que pour Pompidou, le triomphateur, et ses accords de Grenelle. Lui leur avait parlé de son grand projet de référendum, déroulé ses arguments, martelé que c'était la « seule planche de salut ». Les ministres étaient restés le regard vide, inertes et congelés; ou bien occupés à griffonner leur courrier, alors que quelques instants plus tôt, à l'ouverture du Conseil, ils avaient fait la fête à Pompidou. Il n'était pas arrivé à saisir cet auditoire; c'était la première fois. Il avait eu beau articuler, répéter, hausser le ton. Rien n'y faisait. Personne n'écoutait. Il avait eu cette sensation affreuse que les sons ne sortaient pas de sa bouche; que sa voix ne portait pas, ne portait plus, comme dans certains cauchemars. Le Conseil était ailleurs, indifférent, ennuyé même. Et quand il avait croisé le regard du jeune Chirac, qui ne cessait de passer des mots à Pompidou en attendant son approbation rieuse, cela avait été un choc. Le jeune protégé du Premier ministre avait soutenu son regard. Il l'avait toisé même, avec dans sa mâchoire en mouvement une expression de défi, nerveuse et carnassière. Il l'avait considéré étrangement, comme on regarde l'ancêtre qu'on ne va pas tarder à conduire à l'asile.

Dans cette assemblée où hier encore il régnait, il était devenu tout à coup un gêneur, un meuble d'époque.

Il était là, mais il était déjà mort.

Il avait lu cela dans leurs regards, autour de la table du Conseil.

*Ils étaient passés à Pompidou.*

Certes, il n'ignorait pas que ça grognait dans les rangs; que les ministres maltraités allaient parfois se réfugier dans les bras de Pompidou, les fins de journée autour d'un whisky. On lui avait même rapporté que, dans les dîners de vieux gaullistes, on répétait : « Être gaulliste aujourd'hui, c'est souhaiter le départ du Général… Pour son bien. » Mais le constat *de visu* qu'ils l'avaient enterré au profit de l'autre ; cette scène du Conseil où, *physiquement*, il avait senti leur impatience de *passer à Pompidou*, tout cela avait été une épreuve presque insurmontable.

Durant les deux heures du Conseil, il était passé par tous les états.

La colère froide, le mépris envers ces *vermisseaux* qu'il avait faits, les rêves de vengeance qui nouent les entrailles… Au bout d'un moment, la tension intérieure était devenue trop forte. Il avait senti venir un malaise, comme la sensation d'un effondrement intérieur. Il avait craint une attaque. Le cœur ? Le cerveau ? L'embolie rapide, imparable, efficace qui l'emporterait vite. Il s'était vu partir ; mais un sursaut de vie ou d'orgueil l'en avait empêché. Il ne pouvait leur faire ce cadeau. Alors, comme le noyé qui s'agrippe, il avait arrimé ses pensées à ses rares amis, autour de la table ; ceux qui tenaient bon. Debré, assis en face de lui, caractère de cochon, brave Debré, fou, pur, aussi fou qu'un prophète d'Israël. Lui n'ira jamais rallier l'autre ! Et Malraux ! Il s'était tourné, à sa droite, avait cherché son regard. Il était là, oui, toujours là. L'amitié de Malraux valait bien la trahison de ces trente médiocres dont personne ne se souviendra demain. D'un coup d'œil mobile, Malraux avait compris, et le malaise et la *vague de tristesse*, et lui avait touché le bras, discrètement l'avait serré, et était resté ainsi un moment. Oui, leur histoire se poursuivait ; elle n'avait pas été altérée, par un discours raté ou les caprices de la bourgeoisie. Rien ne pouvait venir l'interrompre. *Et l'idée que cet incomparable témoin se faisait de lui contribua à l'affermir.* Il s'était senti mieux, et était revenu du pays des morts où on voulait le laisser.

L'heure tourne. Le laïus de Pompidou n'en finit pas ; maintenant, il a le culot de se féliciter de ces accords. Et il philosophe sur la Jeunesse et la Civilisation. Et voilà qu'il se permet de lui faire la leçon… « Je vous assure, ces accords vont débloquer la crise sociale. Il faut être patient, mon Général. »

Il s'ennuie, obligé de faire bonne figure devant ces boniments. Pour passer le temps, il repense à ce que lui a rapporté Debré, le matin même. Dans un déjeuner à Louveciennes, chez les Lazareff, l'autre dimanche, Pompidou se serait exclamé : « Le Général n'existe plus. De Gaulle est mort. Il n'y a plus rien. »

Il se demande, il scrute son visage en mouvement et lui trouve c'est vrai un air roublard. Il doute, affirme, infirme, se débat avec ce poison… Jusqu'à ce qu'il ne puisse plus contenir son ressentiment ; les petites humiliations passées, l'arrogance présente, tous les reproches accumulés. Il se met à haïr Pompidou, en silence, vraiment, à haïr son aisance, sa malice, sa bouille, son indifférence devant la tragédie ; sa trop bonne santé ; sa cigarette, cette manière de se tenir de travers, sur son siège, comme au café ; et, par-dessus tout, cet air de triomphe qu'il se permet désormais.

*Depuis trois ans, il n'a rien fait.*

*Il a tout raté. Il a tout freiné.*

*Il a entravé la participation. Ils se sont moqués de moi, lui et les autres. Ils m'ont trahi, comme ils le font à présent, en traficotant je ne sais quel accord avec la CGT.*

*C'est lui, le responsable de cette révolution, son inertie…*

Il hait tout ce qui lui échappe à lui, le bonheur neuf de Pompidou. Celui de se voir aimé, écouté, suivi, acclamé par la droite, les ministres du Conseil, la masse des députés gaullistes, *Le Figaro* comme *L'Observateur*, tous ces vivants apeurés qui n'ont d'yeux que pour lui désormais. Il le hait d'une façon déraisonnable ; il le sent bien ; alors il se réfrène, et se cherche de plus honorables raisons de le haïr.

La méthode Pompidou ?

Sur ce point, sa femme lui avait ouvert les yeux, deux semaines plus tôt. Il était en voyage officiel en Roumanie. Il avait voulu dîner en tête à tête avec elle, *sans flonflons*. Il venait d'avoir Paris au téléphone, quand ils passèrent à table. La fièvre ne retombait pas, bien au contraire. Le pays était paralysé. Il lui dressait ce terrifiant tableau ; et ce soir-là lui dévoila son désarroi, crûment, sans les misérables ruses, dont il se servait dans ses moments d'anxiété pour questionner son entourage, son état-major particulier, ses aides de camp, tous ceux qui, au Palais, passaient à sa portée. Il égrenait les regrets et les erreurs qu'il avait pu commettre quand elle le coupa avec autorité. Il n'y était pour rien. Elle désigna le coupable : Pompidou, un dauphin qui avait choisi de le tuer à petit feu. Elle pointa la méthode : « Ce poignard est l'immobilisme dont il fait preuve depuis trois ans. »

La pugnacité de son épouse le réconforta, autant qu'elle le surprit. La petite dame si réservée, effacée, étrangère aux combinaisons, dont la presse moquait l'insignifiance, les sacs à main et les cols serrés, lui avait donné ce soir-là une leçon de haute politique. Il l'écoutait, et tout s'alignait, dans une perspective nette. Et c'est là, en finissant son étonnant réquisitoire, qu'elle avait prononcé pour la première fois le nom fatal : *Brutus.*

*Brutus*… Désormais, il ne peut plus le voir qu'ainsi, cet homme face à lui qui n'en finit pas de bavasser et de fumer. L'autosatisfaction de Pompidou qui jusque-là l'avait crispé, devient insoutenable. Il ne supporte plus sa cigarette, sa voix, sa présence. Ce Brutus, déjà fêté par ses hommes, ses complices réunis hier autour de la table du Conseil, et qui n'eut qu'une hâte : que le poignard tombe enfin.

Il rompt la discussion ; et sans se relever, sans un signe, laisse partir dans la nuit son jeune Premier ministre.

*Brutus, et il attendrait le poignard… ?*

## 10

## *L'homme à la DS*

Ce soir, madame de Gaulle n'a pas eu le cœur de regarder le journal télévisé sans lui. Elle a préféré s'épargner le spectacle, les barricades, les bombes, les sauvages, et les communistes qui, dit-on, vont se répandre demain dans Paris, près du Palais. Elle attend son mari qui tarde à arriver. Elle est prostrée, elle fixe son assiette qu'elle tapote avec son couteau. Jeanne, la jeune domestique, va et vient en silence. L'ambiance est aux adieux ; demain, la pauvrette quitte Paris et sa révolution. Le frère de Madame, maire de Calais, la ramènera dans sa famille du Nord. Par bribes, la bonne dit sa gratitude, et son tourment aussi de devoir la laisser seule. Madame saura-t-elle se débrouiller ; sait-elle où se trouvent les affaires de Paris, et celles de Colombey ; et où sont rangés les effets privés du Général, les costumes, les uniformes…

Lorsqu'enfin il arrive, la maîtresse de maison ne réagit pas.

Lui, au contraire, en la voyant ainsi, se force à s'animer, et manifeste, un peu trop fort, son plaisir de se retrouver à la maison. Il est content de passer à table, il a de l'appétit ; et comme les hommes, vaguement coupables, il surjoue. Mais l'épouse ne répond pas ; elle reste murée, le regard fixé sur son couteau. Les seuls signes de vie qu'elle manifeste, c'est la cloche qu'elle agite, afin que la domestique revienne, serve enfin le dîner ; et ce coup d'œil furtif, aigu, sur lui, sur son état du jour.

La fille a fini de servir la soupe.

Il va chercher un peu de force en lui, et fait une autre tentative pour la sortir de sa torpeur. Il lui fait un compte-rendu de sa journée ; les nouvelles du bureau en quelque sorte, en prenant soin d'éviter les sujets qui inquiètent, la manifestation du lendemain. Il raconte, et il lape sa soupe. Il n'attend pas son avis – ce serait trop risqué. Il cherche seulement à provoquer une réaction, une émotion, quelque chose qui la ramène à la vie.

« Mitterrand… Vous avez vu ? Il m'a poussé dehors dans sa conférence de presse… Vous auriez vu son air de comploteur au grand jour ; son menton en avant de putschiste… Vous avez vu la démission de Peyrefitte ? Il a trop tergiversé pour les réformes de l'Éducation… Il m'écoutait et aussitôt allait prendre la température chez Pompidou… »

Elle reste indifférente, le nez dans son assiette. Le nom de Pompidou, hier honni, la fait à peine réagir, et quand enfin elle relève la tête, son regard est lourd, accusateur. Il connaît ce regard ; elle n'a pas besoin de dire. *Tout cela, cette révolution à leur porte, c'est de votre faute… Ils seraient si bien chez eux à Colombey, s'il n'avait pas choisi de se représenter, trois ans plus tôt.*

Il n'insiste pas, et tente un autre registre.

« La mort de Van Dongen… Vous avez vu ? »

Il relance, il insiste, sur un ton rêveur et inhabituel : « Vous vous souvenez, Van Dongen ? »

Pas de réaction. Van Dongen, pourtant ! Leur première exposition. En 1920, ils venaient de se rencontrer, Quelques jours plus tard, il lui faisait sa demande au bal de l'École de Saint-Cyr, à l'hôtel des Réservoirs de Versailles. Ils avaient tant aimé Van Dongen, et ce qui les avait rapprochés plus encore, ce jour-là, c'était ce portrait de Maurice Rostand enfant. Elle ne pouvait pas ne pas s'en souvenir. Une sorte de long clown triste. Elle avait été emportée par l'audace du peintre ; la vérité de l'enfance.

Il répète. « Vous vous souvenez… Van Dongen ? » L'évocation la laisse impavide ; peut-être un peu plus nerveuse, le tapotement de son couteau s'accélère. Le vieil amoureux rate son effet.

Il finit son potage en silence, puis tente une autre sortie. Cette fois, il lui demande *des nouvelles des enfants* ; de la façon la plus naturelle qui soit, sur un ton familier et banal, comme si ces dernières minutes pénibles n'avaient pas existé.

Cette fois, la vieille dame relève la tête. Elle le foudroie du regard, et là elle parle. Elle élève la voix ; une voix improbable sortant de ce petit corps :

« Vos enfants. Vous voulez des nouvelles de vos enfants ? »

Le vieil homme est désarçonné.

« Vous savez bien où habitent Philippe et Henriette ? Une grande entreprise a son siège dans le même immeuble. Les ouvriers y ont mis des piquets de grève. Cela vous le savez, Philippe vous l'a dit dimanche dernier, non ? »

Il confirme de la tête, fautif. Elle poursuit sur le même mode :

« Vous ne voyez donc pas les choses ? Ils vivent encerclés par les grévistes. Le matin et le soir, ils sont humiliés par les ouvriers qui contrôlent l'entrée du bâtiment. Ils sont obligés certains soirs de se cacher. Et les enfants, même traitement. Non, ce n'est plus possible… Parfois, j'imagine le pire. Si la colère monte d'un cran, ce seront les premiers otages désignés. »

Il connaît bien sûr la situation de son fils, son logis assiégé, ces piquets de grève à sa porte, mais il n'avait pas vu les choses ainsi. Philippe est un militaire, il est en âge de répondre, de se défendre ; et les grévistes ne sont pas des cannibales. Mais il est ébranlé par le tableau dressé par son épouse ; il se met, lui aussi, à imaginer le pire. Quelle meilleure prise en effet que le fils de Gaulle et sa famille ? Il voit le danger. Il voudrait quitter la pièce illico pour se rendre avenue Ingres, faire sortir Philippe et sa famille du piège où ils se trouvent. Il réfléchit, s'agite, y renonce ; il ne veut pas affoler plus encore sa femme. Il les mettra à l'abri cette nuit, sans faute. Du coup, ne pouvant purger son inquiétude dans une action immédiate, il s'en veut de sa négligence, son égoïsme, l'âge qui ramollit tout. Huit ans plus tôt, il n'avait pas eu besoin de madame de Gaulle, et de ses larmes, pour avoir le bon réflexe : exfiltrer à Alger son fils, qui commandait un navire à Oran, juste avant le putsch des généraux.

La pauvre femme est assommée par sa colère, toute son énergie y est passée. Elle implore maintenant, retrouve sa voix claire :

« Vous n'avez pas le droit de mettre leur vie en péril. »

Elle voudrait attendre que Jeanne ait fini de débarrasser ; c'est plus fort qu'elle. Elle s'effondre sur la table, en répétant, en martelant : « Vous… n'avez… pas le droit… »

Jeanne reste là, émue, figée près de sa maîtresse. Il ne peut décemment prendre son épouse dans ses bras, la consoler. Il se débarrasse de la fille, lui demande de servir le dîner dans le petit salon attenant à la chambre : « Madame a besoin de se reposer. » La domestique partie, il peut se pencher sur elle, affalée, secouée de sanglots et de spasmes. Il la caresse, comme on le fait avec l'enfant après le cauchemar. Il la rassure avec de vieux mots d'eux seuls connus. Il lui chuchote que, dès demain, Philippe et les enfants seront à l'abri ; et qu'il ne faut pas s'inquiéter pour Élisabeth et Boissieu, ils sont en sécurité dans leur caserne à Mulhouse, où il commande la 7e division mécanisée. Il tente, avec une douceur retrouvée, de consoler l'inconsolable. Une fois qu'elle est plus calme, il la soulève de son siège avec des précautions infinies. Elle se relève, elle chavire, se blottit contre lui. Il y a moins de dix mètres pour se rendre à l'autre bout de l'appartement, dans la chambre à coucher ; et les deux vieillards mettent longtemps pour les parcourir. Lui le géant maladroit, elle si menue que les vagues de sanglots menacent encore.

Une fois dans la chambre, il la couche, mais les pleurs et les spasmes reprennent. Il s'inquiète, se demande si le médecin du Palais doit être appelé, jusqu'à ce que son épouse, comme prise dans un délire de fièvre, prononce un bout de phrase :

« Si vous aviez vu la haine de ce monsieur… »

Elle répète, la main tremblante, le regard débordant d'effroi, et elle désigne une ombre : « Si vous aviez vu la haine… Si vous aviez vu la haine… »

Il tente de comprendre, tout est si confus.

« Il a baissé sa fenêtre, m'a reconnue, m'a pointée du doigt… Si vous saviez la haine… »

Le récit est haché, interrompu par les sanglots ; il se demande si elle n'a pas fait un mauvais rêve.

« … J'ai vite refermé la vitre, vous imaginez, mais on l'entendait hurler des insanités… Des insanités… ça n'en finissait pas… »

Il met quelques moments à reconstituer, et à comprendre.

Elle a été prise à partie, dans l'après-midi. Une fois encore.

La semaine précédente, c'était au Bon Marché, où elle faisait ses courses. Une jeune vendeuse la reconnaît ; n'en revient pas. Elle rameute d'autres vendeuses en grève ; et les voilà toutes qui l'encerclent, la dévisagent comme au zoo. Le ton était monté, elles s'étaient mises à l'insulter : « On vous a assez vus, vous et de Gaulle. Dix ans ça suffit… Foutez le camp ! » Il avait fallu l'intervention de l'officier de sécurité pour éviter le pire.

Il lui fait patiemment répéter l'incident de la journée, en reconstituant ses lambeaux de phrases.

Sa voiture s'arrête à un carrefour dans le XVIIe arrondissement,

Un Parisien se trouve dans la file parallèle.

L'homme reconnaît madame de Gaulle. Il se penche vers elle, la désigne et se met à l'insulter.

« Ça durait, ça durait… Vous auriez vu son regard, la haine et ses cris. Le chauffeur a voulu intervenir. Je lui ai conseillé de ne rien faire. Nous étions dans un embouteillage, et on ne sait pas comment cela aurait pu tourner. »

Lui aussi est choqué, mais il veut en savoir plus : des détails, des couleurs, des précisions. Il veut voir, saisir, comprendre.

« À quoi ressemblait-il ? Quelle allure avait-il ? »

Elle l'entend, elle ne voit que lui, mais ne saurait le décrire.

« Un Français, quoi… »

Il insiste. Il n'a pas le tableau complet du malheur.

« Un monsieur bien, apparemment. Je ne sais pas moi. Un bourgeois. Un monsieur bien mis, dans une DS.

— Un monsieur dans une DS ! »

Cette dernière indication le foudroie.

Tout à coup, il revoit la scène sous un angle différent, avec une tout autre lumière. Le tableau est complet grâce à cette pièce manquante : il mesure enfin la gravité de la situation, lui qu'on veut chasser, elle femme qu'on manque de lyncher, et le pays qui perd la raison.

*Un monsieur dans une DS…*

Rien n'aurait pu le choquer plus.

Ç'aurait été un ouvrier en colère, de retour de manifestation ; un pied-noir OAS, un petit commerçant Cid-Unati, passe encore. Ç'auraient été les vendeuses du Bon Marché, encore une fois ; un étudiant mal embouché qui se serait fait houspiller dans la journée par les gardes mobiles ; ou un communiste de banlieue, ç'aurait été grave, mais intelligible. Mais un homme en DS ! Un monsieur bien mis ! Un bourgeois insultant madame de Gaulle, dans le XVIIe bourgeois !

L'idée lui paraît vertigineuse.

Quel besoin en effet de voter, de consulter, de sonder, d'attendre le référendum du 16 juin pour voir que tout est foutu si *les hommes à DS* agissent comme la populace ? Cet homme à la DS vaut tous les suffrages.

Elle s'éveille, elle va mieux. Elle accepte de manger ; son mari lui tend la soupe à la cuillère, comme à une convalescente. Par moments, il interrompt la tendre becquée, l'aide à se redresser, la cale mieux dans le lit. Il a pour elle des attentions, une patience et un dévouement nouveaux, enfouis, où se mêlent les gestes de l'extrême jeunesse et ceux de la vieillesse solidaire. Il oublie la France et son chaos ; Pompidou et son air de commandement ; Séguy, Mitterrand, et Dany le Rouge ; Foccart et ses barbouzes. Il ne voit, n'entend, ne se soucie que d'elle. Il guette sa respiration qui reprend. Elle somnole de nouveau ; puis revient à elle, et – sans le regarder – lui demande d'un air drôle :

« Vous souvenez-vous de la cartomancienne ? »

Il est surpris par la question. Il se souvient en effet, c'est vague. Dans la brume de ses pensées, il revoit une espèce de vieille sorcière qui lui avait tiré les cartes. À l'autre bout de la vie. C'était en 1920 ou en 1921, il était jeune capitaine. Ils se promenaient avec Yvonne, et passèrent devant une échoppe vantant la diseuse de bonne aventure. Elle avait voulu y entrer. Elle avait tenu à cette fantaisie. Yvonne était si gaie, si jeune, c'était avant la naissance de notre Anne, et le grand malheur. Ils étaient entrés dans ce caravansérail, intimidés et rieurs, comme on va à la foire.

La cartomancienne était dans l'ombre, accoutrée et trop fardée. Elle avait commencé, consciencieusement, avec tout le cérémonial voulu et très vite, en découvrant une des premières cartes, elle avait poussé un cri, de surprise, et de triomphe aussi :

*Vous avez une mission, vous parviendrez un jour au sommet…*

Yvonne s'était réjouie ; lui s'était dit que la cartomancienne faisait bien son métier.

La voyante continua. Elle commentait chacune des cartes. Les deux jeunes mariés s'étaient pris au jeu, portés par l'ambiance, les bougies et l'encens. Ils se félicitaient de cette prédiction, et en attendant d'autres ; jusqu'à ce qu'à la fin de son tirage la cartomancienne pousse un cri, d'horreur cette fois :

*Mais hélas... Une fois au sommet, il y périra tragiquement. Il mourra pendu...*

En sortant de la roulotte, ils avaient choisi de rire de la bohémienne, de son fard, de son théâtre, et ils étaient passés à autre chose.

Mais Yvonne n'avait jamais oublié la cartomancienne. Il n'y eut pas un jour, en cinquante ans, où la prédiction ne soit venue la tourmenter. Elle avait vécu avec ce malheur au-dessus de la tête. Aucun de ses bonheurs n'avait été complet, jamais. Elle s'était bien gardée de lui en reparler, elle aurait eu trop honte ; mais souvent, elle avait vu ressurgir la cartomancienne. En juillet 1940 lorsqu'elle entendit à la radio que son mari avait été condamné à mort par Vichy ; au moment des attentats de l'Algérie française ; et depuis l'assassinat de Kennedy, à chacun de ses voyages officiels. Cette souffrance dévorante était jusque-là clandestine. Tout remontait à la surface.

Elle recommence à parler, elle est un peu honteuse de tout cela ; elle le regarde avec sa douceur de jeune fille. Ils sont blottis l'un contre l'autre, et elle répète, les yeux clos : « Elle l'avait dit... Elle l'avait dit... ça se finirait comme ça. » Lui dément d'un mouvement de la tête, et d'une onomatopée enfantine – tatata. Il la serre contre lui. Il est là. La cartomancienne ne racontait que des sornettes. Il va le lui prouver ; il va la protéger. Il n'a plus qu'elle à protéger.

Il n'y a plus d'Élysée, de Président, de Général, de France, belle princesse ou pas, et plus du tout de Français. Ils sont tous les deux, de petits vieux, seuls contre le reste du monde. Un Don Quichotte dépassé et une petite dame effacée ; pas le moins du monde des monarques.

Elle va mieux, elle somnole ; et c'est alors qu'en lui tout s'emballe.

Il imagine ce lendemain de malheur.

La marée qui monte.

La manifestation communiste qui déborde.

Le peuple français, qu'il a toute sa vie sublimé, prend le visage de cette populace qui s'en prend à cette pauvre Yvonne.

Ce sont des mégères à mise en plis, des sans-culottes en jean, des insulteuses de grands magasins, des ouvriers à pancartes et des étudiants à cheveux, et tant de *messieurs à DS*, qui s'en prennent à elle, et à lui. Une foule d'*hommes à DS*, un cortège de bourgeois grimaçants, capables des pires outrages. Il n'a rien en commun avec ces sales bêtes sociales. Ces Français le répugnent. Qu'ils l'abandonnent lui, c'est le jeu politique, c'est leur affaire.

Il se redresse, et s'exclame :

« Les communistes veulent s'emparer du Palais demain, et s'emparer de De Gaulle… Eh bien, on n'attaque pas un palais vide. »

Elle n'a pas entendu, elle s'est endormie.

# II

## *Vers Baden*

29 mai 1968

## 11

## *Les valises de Madame*

Il a tenu à voyager en civil. Son vieux paletot flotte au vent ; son dos est voûté, plus que d'ordinaire ; il surveille, l'air traqué et le regard panoramique, les voitures, les motos, les camions qui passent sur le boulevard de ceinture, à cent mètres. Il tient à la main une grosse serviette – les « fonds » – qu'il n'a pas lâchée depuis le départ du Palais. Un pauvre hère aux aguets qui tourne et s'impatiente sur le tarmac. Le lieu est exposé à tous les regards, à tous les curieux, et on ne peut pas décoller. Les bagages de Madame ne rentrent pas dans l'hélicoptère.

Les pilotes ont tout essayé, tenté toutes les dispositions possibles, debout, couchés, de travers, mais la malle des Alouettes 3 n'est pas plus grande que le coffre d'une voiture. On a casé la grosse caisse du médecin, destinée à la transfusion et aux secours, qui suit le Président dans ses déplacements, dans le cockpit du deuxième appareil ; convenu que madame de Gaulle conserverait sa mallette avec elle en cabine ; tout combiné, tout retourné ; les effets des De Gaulle sont trop volumineux. Les pales de l'aéronef se sont déjà mises à tourner ; le moteur ronronne.

Près du second hélicoptère, le commandant de police Puissant bavarde avec le gorille, Tessier, un ancien catcheur ; un peu à l'écart, le docteur Ménès, un jeune médecin de garde qu'on a trouvé au Palais, et que le Président n'a pas reconnu en arrivant. Le troisième hélicoptère, celui de la gendarmerie qui ouvrira la route jusqu'à Saint-Dizier, est prêt aussi. On prend du retard ; rien ne s'arrange. La vieille dame est confuse de causer tant de dérangements, tandis que lui s'intéresse, conseille telle disposition, s'éloigne, revient, s'agace.

S'il ne s'agissait de madame de Gaulle, de ses photos de famille, de l'argenterie et de quelques bijoux, lui ne se serait pas encombré ; il aurait tout laissé là, sur le tarmac. Il n'a tout de même pas pris toutes ces précautions, manigancé comme un carbonaro, traversé Paris comme un voleur, évité sur le chemin de croiser les ouvriers de Citroën en grève, quai de Javel, trompé les gardes, les éminences du Palais, toutes les surveillances, pour se faire finalement rattraper, sur ce terrain vague des boulevards de ceinture, par un passant, un journaliste, un syndicaliste ou – qui sait ? – un émissaire de Pompidou. Son Premier ministre savait faire ; lui aussi avait ses barbouzes, depuis qu'il avait débauché l'équipe de Maurice Papon…

Ces foutus bagages avaient d'ailleurs failli tout faire capoter, par deux fois le matin. Le chauffeur, qui vient de les déposer sur le tarmac, et qui repart pour Colombey – où il est censé les retrouver –, s'était étonné qu'on ne mette pas les valises dans le grand coffre de la DS ; il serait là-bas dans trois heures, il les prendrait avec lui ; ce serait plus simple. « En effet, pourquoi toutes ces complications ? » est intervenu l'aide de camp Flohic.

Un peu plus tôt, cela avait déjà été aussi tout un problème. À l'Élysée, le petit personnel avait été surpris par le manège dans la cour intérieure, ces allées et venues, tant de bagages. Aussitôt, la rumeur du départ avait couru ; et dans le Palais assiégé, les éminences de la présidence étaient accourues, livides, dans son bureau. Il lui avait fallu dissimuler, ruser, mentir, avec son directeur de cabinet, La Chevalerie, avec le secrétaire général Tricot. Les deux hiérarques du Palais avaient cru à la fable qu'il leur avait servie. Il était épuisé, il ne dormait plus ; il allait se reposer à Colombey ; il reportait le Conseil des ministres au lendemain... Cela leur avait semblé fâcheux ; mais pas anormal, étant donné l'état du Président, du pays, et que le précédent Conseil avait eu lieu seulement deux jours plus tôt. Foccart avait voulu le voir aussi, mais lui était trop malin, il se serait douté ; alors il avait prétexté un agenda chargé, afin de l'éviter.

Il avait réussi à les berner, mais quel travail pour ne pas se couper, penser à tout, tenir tous les fils, ne rien négliger. Aux aurores, il avait fallu s'occuper de Philippe et sa famille. Il avait convoqué le général Lalande, son chef d'état-major particulier, et lui avait menti. Il lui avait inventé une « tournée des popotes », pour connaître l'humeur des armées de l'Est ; et au passage, puisqu'il passait par l'Est, il lui avait demandé un service : prendre dans son avion son fils et sa famille, afin de les déposer, non loin, près de la Forêt-Noire où ils devaient passer leurs vacances

« chez des amis ». Lalande n'avait pas tiqué, ni objecté que Philippe, son épouse et leurs quatre enfants, ne rentreraient dans le petit Beechcraft ; c'était un ancien Français libre ; il était flatté de cette confiance.

À 10 h 30, il avait reçu son gendre, le colonel de Boissieu ; lui avait révélé une moitié de son plan seulement, et donné rendez-vous un peu plus tard dans la journée. Pour cette mission de « liaison », il avait pensé à son fils ; mais tout bien pesé, Boissieu était plus allant et moins compliqué que Philippe. Ensuite, il lui avait fallu choisir, parmi ses quatre aides de camp, l'homme de confiance qui l'accompagnerait. Il *ne sentait pas* celui de permanence ce matin-là, qu'il savait bavard. Il avait opté pour le commandant Flohic ; il était taiseux, c'était un Breton. À 10 h 40, Flohic avait bouclé son bagage de campagne, et revêtu son plus bel uniforme de marin, selon les instructions. Ce n'était pas le protocole pour se rendre à Colombey, avait remarqué l'aide de camp. Il avait esquivé, l'avait chassé d'un geste rude, puis l'avait aussitôt rappelé pour lui demander, d'un ton bizarre, la voix tout à coup basse et sourde, de se procurer les cartes aériennes à l'est de Colombey, le plus loin possible, mais de grâce sans alerter personne… Le marin était allé acheter dans le commerce deux cartes Michelin. Il n'avait pas cherché plus loin ; il était depuis peu le témoin d'événements étranges. La veille, il avait senti que quelque chose se préparait, en voyant le Président si sombre, si secret ; et Madame de Gaulle en train de faire ses valises en pleine nuit.

Il continue à surveiller la petite ceinture. Il scrute, dans les deux sens, les voitures qui pourraient s'arrêter et les apercevoir ; il s'intéresse aussi à l'est, et à l'ouest, la plaine d'Issy, plate, vide, rase. Rien à signaler, ça ne durerait pas. La circulation se faisait plus dense, les Parisiens rentrent déjeuner chez eux. Et les valises de madame de Gaulle résistent toujours. Il commence à faire chaud. Flohic, toujours sur ses pas, lui propose de le décharger de son manteau et de son cartable, comme il est d'usage durant les déplacements. Il refuse, abrupt. Depuis le départ de son bureau de l'Élysée, il ne s'est pas défait de ce vieux cartable en cuir, marqué à ses initiales, et légèrement boursouflé par la liasse des « fonds ».

Au Palais, il avait hésité sur le montant nécessaire, et un peu sur la manière ; mais c'était un cas de force majeure ; il n'allait tout de même pas se rendre à la banque pour retirer une grosse somme, tel un bourgeois en déveine ! Il n'avait eu aucun état d'âme à enfourner deux grosses enveloppes – l'autre étant pour son fils et sa famille – dans cette serviette en cuir qui lui avait servi en juin 1940 ; et où, pour créer la France libre à Londres, il avait aussi utilisé les fonds secrets, ceux que lui avaient confiés Paul Reynaud. Il avait glissé aussi, dans le vieux cartable, quelques secrets et quelques codes ; ainsi que les téléphones de Taverny, de Satory, et des principaux chefs militaires des armées de l'Est.

*Il les a bernés…*

Jusque-là, personne n'a compris. Il se félicite, il se rassure, pour tromper son anxiété. Avant de se gendarmer.

*Sauf Pompidou ! C'est sûr…*

Voilà la faille.

Il avait commis une erreur, la seule jusque-là. Le matin, les appels de Pompidou avaient été incessants, lorsqu'il avait appris le report du Conseil. De guerre lasse, il avait fini par le prendre en ligne vers 11 heures. Il pensait bien faire ; la veille au soir, il avait été un peu dur avec lui.

Et là, il s'était dévoilé. Il avait laissé apparaître son plan, il avait dérogé à son propre précepte, sur *la nécessaire dissimulation par le chef.*

Il lui avait expliqué, comme aux autres, qu'il avait besoin de se reposer à Colombey. Pompidou ne l'avait pas cru. « C'est grave, mon Général, car je ne suis pas sûr que vous reviendrez. » Et là, il ne l'avait pas démenti. Au contraire, il avait cherché bêtement à meubler un silence trop long :

« Et quand bien même je ne reviendrais pas… Je suis vieux. Vous êtes jeune… C'est vous qui êtes l'avenir. »

Quelle faute ! Il regrette, et ressasse sur le tarmac. Il devient sentimental ; il est trop vieux ; et Pompidou, bien plus agile… Plus il y pense, plus il se convainc que son Premier ministre, ayant compris, était le seul à pouvoir contrarier son plan… Sinon pourquoi, après cette communication, Pompidou avait-il fait son siège, pour lui parler encore, tenter de convaincre Tricot de lui faire signer, avant de partir, le décret de dissolution de la Chambre ? Et pourquoi les services de Pompidou – dont ce n'était pas le ressort – avaient-ils rédigé ce décret, et derrière son dos… ?

C'est que le pouvoir allait échapper à monsieur Pompidou ! Une fois parti, et sans ce décret de dissolution, l'intérim de la présidence reviendrait à un opposant de toujours, le président du Sénat, et Pompidou ne serait plus rien.

Pompidou sait. Il va donc tout faire pour contrarier son plan, pour le retenir à Paris. Il est bien le seul à le pouvoir, avec ses polices et ses ministres…

Tout à coup, le fait que Pompidou *sache* sonne comme une alarme. Il ne supporte plus l'attente, ni ce lieu absurde, venteux, dangereux, où il stationne. Il faut partir. Sinon, tout va rater. La circulation sur la petite ceinture se fait de plus en plus menaçante. Les gendarmes, dans le troisième hélicoptère, s'impatientent eux aussi. Les moteurs des trois machines vrombissent. Il fait chaud, il est tard. Et tandis que l'on s'acharne encore sur les bagages, épuisé d'être aux aguets, il ordonne qu'on en finisse avec ce cirque, et qu'on décolle.

## 12

## *Répudiation*

La poussée du décollage le grise. Il aime surtout, ce jour-là, cette sensation physique que l'hélicoptère procure mieux que l'avion. Il s'arrache du sol, il se libère des hommes, de ses entraves. Il fuit son Palais, sa prison, les ministres impuissants, cette ville où bouillonne le pire. Il sort d'un enfermement où son corps, son esprit ont été tenus trop longtemps. Il surplombe enfin ; et en un instant, il voit se réduire à rien la tour Eiffel, l'Arc de triomphe, le Sacré-Cœur, et le maudit arrondissement où son palais ce soir sera assiégé ; s'éloigner la populace, les barricades et le fracas, les attentats contre les siens, les unes assassines et *les hommes à DS* ; les complots, les corridors et les lâches ; les dix millions de grévistes ; la France en panne, sans essence, sans trains, sans voitures ; les ambitions factieuses de Mitterrand ; les contorsions de Mendès France leur nouvelle idole ; le report du baccalauréat. Et le clou dans ce désastre : le retour fracassant en France, hier, du « juif allemand », interdit de séjour, expulsé non sans mal, Cohn-Bendit, qui parade à la Sorbonne, à la barbe de toutes les polices et de toutes les douanes de France.

Au bout de quelques instants, il se sent mieux ; Paris n'est plus qu'une dérisoire tache grise. Il y a, dans ce soulèvement, de l'ivresse et un pied de nez. Il sourit en pensant au tour qu'il leur a joué ; et en imaginant leurs réactions lorsqu'ils l'apprendront.

L'appareil suit la Seine, splendide, avec sa courbe nerveuse qui taillade la terre, et lui apparaît pour la première fois dans sa splendeur. À droite, il voit passer – trop vite – la basilique Saint-Denis, sa flèche, son toit de cuivre vert ; et la rosace du bras sud qui là-bas jette sa lumière sur les anges, les rois mages, les signes du zodiaque, toute cette folie pieuse. Il pense au *cantique de la mort qui retentit sous ses dômes* ; se retourne, adresse un signe, une pensée aux gisants, à tous les vieux chefs qu'il laisse là ; en espérant que, cette fois, le tombeau des rois de France ne sera pas profané, comme ce fut le cas durant la Grande Révolution. Chateaubriand avait dénoncé ce crime ; qui sera là pour s'insurger, demain, si cela se produit à nouveau, Malraux ?

L'Alouette 3 est la fierté de la France. Il l'a vue naître, et même baptisée, au Salon du Bourget en 1959. Il s'y sent bien, même s'il faut se tasser pour y tenir. Un birotor, aussi agile qu'un écureuil ; et aussi fiable qu'un avion. Le « jambon » – c'est ainsi qu'on l'appelle, à cause de sa drôle de forme – lui était devenu familier autant que nécessaire ; depuis l'attentat du Petit-Clamart, il ne se rend plus à Colombey par la route. Devant, les deux pilotes et l'aide de camp Flohic, qui sait quoi faire jusqu'à Saint-Dizier. Madame de Gaulle, à ses côtés, est plus tranquille que la veille. Les mains posées sur sa mallette ; elle semble soulagée, et telle une paisible voyageuse, regarde défiler le paysage, la banlieue, la petite couronne, et son peuple de pavillons aux rangées ennuyeuses.

Mais passé Saint-Denis, elle s'agite, le tire par le bras, et fait des gestes dirigés vers le sol. *Vite, vite… il ne doit pas manquer ça…* En dessous, une usine. Elle est piquée de drapeaux rouges. Il y en a partout, des rouges et aussi des noirs… Elle lui désigne la foule, le chaos perceptible, et à l'entrée du bâtiment, un slogan énorme qui promet la *Révolution prolétarienne*. Devant les ateliers, ces grappes d'humains font blocus. Sur les toits, les ouvriers et les ouvrières se prélassent au soleil.

À La Ferté-sous-Jouarre, à Meaux, à Château-Thierry, au survol de chaque ville, de chaque gros bourg, le spectacle se répète. Et madame de Gaulle lui désigne les mêmes usines ; les mêmes grappes humaines, les mêmes drapeaux rouges. Elle ne peut parler, ni raisonner, à cause du bruit de l'appareil. Mais il doit voir. De ses yeux voir le visage grimaçant du pays : cette chienlit qui a débordé les portes de Paris. Constater l'ampleur du désastre.

Afin de ne rien regretter.

N'est-ce pas la preuve irréfutable ?

*Il a eu raison. Ce n'était plus tenable.*

Et lui, pauvre bougre, ne manque rien au spectacle de la désolation. Il se penche sur ce monde de lilliputiens qui s'agitent, compte les drapeaux, évalue la taille des usines, les bourgs, la densité des foules réunies ; et confirme d'un long hochement de la tête.

Tout la France est touchée. Il y a là en province, sur les marchés, le toit des usines, dans les écoles en grève, le même effondrement qu'à Paris dans les bureaux, les universités, les ministères. Cette idée d'une France bistrotière, revenue à ses instincts, le révulse plus que jamais, et le conforte dans sa décision.

On survole la Champagne, et ses étendues molles où il tente de retrouver le lieu de sa seconde blessure en 1915, qui lui avait valu huit jours d'arrêt de rigueur pour désobéissance (il avait ordonné de tirer sur les tranchées ennemies). Les mêmes idiots… Et tandis qu'on passe au-dessus d'une vallée particulièrement couturée par les guerres, il prend une décision.

D'un mouvement fou de l'esprit, il renvoie cette populace à sa barbarie gauloise. Il décrète qu'il LES RÉPUDIE.

Il s'en déleste par la pensée. Ils n'ont rien de français d'ailleurs ; il n'a rien de commun avec ces bêtes-là. La France, c'est lui ; elle est où il se trouve ; elle voyage dans son esprit. Que la populace l'abandonne, après tout, c'est son affaire… Elle le paiera. Il ne reconnaît pas ces barbares, à qui il avait offert un destin.

Qu'ils se débrouillent.

Il avait tout tenté. Que pouvait-il faire à présent devant cette inondation générale, ce Malpasset national ! ? Comme disent les pompiers, *devant le feu on combat ; devant l'inondation, on évacue.*

Sa fin, sa sortie devant l'Histoire, il ne l'avait pas imaginée ainsi.

*En évacuant.*

Il aurait préféré l'assassinat. Il se serait bien vu assassiné, oui. Une mort nette, sans appel, qui ne prévient pas. Quelle meilleure sortie devant l'Histoire ?

Mais finir ainsi, divorcé de la France ; répudié ; poussé dehors par la gauche, et aussi par les siens ; conspué comme Franco ; insulté par la populace ; cerné par les sauvages jusque dans son palais…

Des turbulences viennent le sortir de cette noirceur. Son épouse, assoupie, se blottit contre lui. Il l'entoure de ses bras, et lui trouve alors cet air d'enfant qu'il aime tant, et qu'elle cache toujours… Pourquoi ne l'a-t-il pas écoutée, elle plus sage que cent ministres ? Elle avait raison. Il n'aurait pas dû s'obstiner, partir en 1965, ne pas se représenter… S'en aller en beauté à Colombey, au terme de son mandat.

Que pouvait-il espérer de plus ? Il avait restauré la République, redonné de l'orgueil et de l'ardeur au pays, fondé de solides institutions qui – il l'espérait sans le croire – lui survivraient. Que diable ne s'en était-il allé alors ? Il n'en serait pas là, jeté sur les routes, traqué dans les airs, en exil bientôt. Elle en rêvait – que ne l'avait-il écoutée ! Elle y avait cru à l'époque, la pauvre, et commencé à compter les jours. À la Boisserie, il serait retourné à ses *Mémoires* ; il aurait écrit, avec autant d'alacrité que durant la traversée du désert ses *Mémoires de guerre*. Il aurait été grand écrivain ; rattrapé le temps perdu ; été le meilleur des grands-pères ; et puis, il se serait occupé de ces remembrements de terrains qui restaient à régler avec le voisin. Un champ contre une prairie où il aurait voulu planter des pins de Hongrie. Mais il s'était entêté. Il restait tant à faire… et puis, il ne trouvait jamais la sortie assez belle… En vérité, il avait eu peur du vide, de ces longues matinées sans vie à Colombey, devant sa page blanche, à observer les mornes plaines qui se perdent dans l'immensité de l'Est. Cette immensité, l'idée de ce grand sommeil, lui avaient fait choisir la facilité ; cette maudite réélection qui à présent causait sa perte.

## 13

### *« De Gaulle, on s'en fout ! »*

Quand il se réveille, il est agité. Où est-il ? Où va-t-on ? Que s'est-il passé ? Il reste un instant, hagard, attendant un démenti, espérant que tout cela n'était un cauchemar. Il lui faut croiser le regard triste d'Yvonne, pour déciller, se rappeler la catastrophe, le divorce, l'inondation générale… Il ne rêvait pas.

C'était fini, mais il veut comprendre. Définir, causer, dater la fracture, comme le font les archéologues et les sentimentaux. Savoir le moment précis, et sous l'effet de quelle impulsion, ce peuple qu'il connaît si bien, guide et commande, a bien pu l'abandonner. Connaître l'imperceptible cause qui – comme à Malpasset – avait fait céder la digue.

C'était ce discours télévisé qui l'avait tué, quatre jours plus tôt.

*Quelle idée d'avoir voulu refaire l'appel du 18 Juin !*

Ce devait être l'occasion du sursaut. Il allait toucher la France. Comme toujours, il parlerait à son âme, la secouerait, la sortirait de ce chemin de perdition. Le contact allait être rétabli, il en était convaincu. Il allait créer le choc, c'est sûr, et empêcher la dislocation de la nation. Les Français entendraient son appel, surtout cette main tendue à la jeunesse et aux ouvriers, la participation ! Après un mois de silence, il allait les stupéfier.

Il serait Moïse descendant du mont Sinaï, devant le peuple au Veau d'or, prêt à expier sa faute. Une fois de plus, ils se retrouveraient.

Il parlerait, et les Français suivaient.

Ça, c'était avant ce maudit appel.

Sitôt l'enregistrement terminé, il avait mesuré le fiasco. À la sortie du studio, qu'on avait installé au Palais, il avait compris, en les voyant tous alignés, les « grands » du Palais, Foccart et les autres, le ministre de l'Information, derrière lui les patrons de la télévision qui se courbaient, débitaient leurs compliments, sans y croire, sans rien retenir de l'essentiel : la révolution contenue dans le discours. La participation ! Cela aurait dû soulever la ferveur de ce premier public, ces prétendus grands gaullistes… Ils n'avaient même pas relevé. Jusqu'à Foccart qui ne s'était pas attardé ; était fuyant ; n'avait pas été au-delà de quelques mots sucrés… Mais ce qui, par-dessus tout, l'avait alerté, c'étaient les techniciens de la télévision. Eux ne jouaient pas, ne trichaient pas, ne courtisaient pas. C'étaient des communistes, pas des godillots ; et leurs regards, leurs poignées de main, hier chaleureux et frondeurs, étaient attristés cette fois, comme pour des condoléances.

Quand il s'était revu à l'écran, afin de savoir s'il fallait refaire une prise, il avait compris… Un vieillard cassant…

Un bureau trop grand… Le regard de travers… La silhouette avachie… Et ses bras si encombrants qu'ils faisaient penser à ces volailles qui n'arrivent jamais à prendre leur envol… À quoi bon refaire une prise puisque ça convenait aux gens du métier ?

La France aussi s'en était rendu compte.

Sitôt l'Appel lancé, après 20 heures, les gens étaient redescendus dans les rues, à Paris, en Province aussi. Les manifestations des ouvriers et des étudiants avaient convergé. Dans les cortèges, on répondait par des : « Dix ans, ça suffit ! » et « De Gaulle, on s'en fout ! ». Les émeutiers avaient repris la Bastille aux forces de l'ordre ; la Bourse avait brûlé. Pour la première fois, il y avait eu deux morts cette nuit-là. Un étudiant à Paris, et un commissaire de police à Lyon.

Oui, c'est ce soir-là que le contact avait été rompu, ce soir-là.

C'est bien son Appel de vendredi soir qui avait provoqué l'impulsion fatale.

Pour la première fois, *depuis trente ans qu'il avait à faire avec l'Histoire*, les Français ne l'avaient ni entendu, ni suivi. C'était fini. Il les avait perdus.

La France sans lui, ce sera la fin de la France – il ne pouvait s'empêcher de le penser. Entre eux et lui, cela avait été une religion étrange, une fusion prédestinée, une passion. Et cette histoire extraordinaire avait pris fin sur les barricades, les usines à drapeaux rouges, dans les convulsions d'un peuple ingrat… Il les a répudiés, le sort en est jeté, mais il ressasse. Il redoute la France sans lui ; ce qu'ils appellent *l'après-de Gaulle* qu'il voit, lui, comme une nuit dangereuse. Il s'inquiète, non pas de sa mort, il s'en moque ; elle viendra bien assez tôt. Mais il pense au chaos après lui. La France, livrée à ses démons : les querelles, la médiocrité, le goût du panache, pas de l'effort ; ce syndrome de zizanie que Jules César et lui avaient diagnostiqué. Comme on le fait avec ses propres enfants, il avait souvent cherché, par-delà les montagnes du temps, le démenti qui viendrait le rassurer. Sans le trouver ; à chaque fois, il s'effraye de ces visions où la France se perd dans un monde hostile…

La légende voulait qu'il aimât la France comme une femme, la *princesse des contes*, cette *madone aux fresques des murs*. L'image était belle ; elle emballait Malraux, et elle gonflait le citoyen d'un archaïque orgueil ; mais elle était fausse. Il aimait la France en père, pas en amant. Comme un enfant, son propre enfant, avec la même vigilance inquiète, les mêmes craintes, les mêmes excessives attentions, la maladive fusion du père anxieux ; pas le moins du monde comme une *princesse*. Et cet enfant n'était pas prêt au départ. Il l'avait vu renaître. Il l'avait sauvé, tiré du néant ; rétabli par deux fois, en 1945, en 1958. Depuis, il n'avait cessé de le préparer à affronter le grand monde, un jour…

Mais il était encore trop tôt. Le pays était si fragile, pas vraiment immunisé. Il redoutait le grand saut. Il voyait revenir ses penchants mortifères…

Il appelait les Français des « veaux ». On lui reprochait l'expression ; elle n'était pas si cruelle. Les Français étaient un peuple *particulier*, qui avait besoin d'un berger, pour ne pas retomber dans les ornières du passé, et il ne voyait rien venir ; pas même ce Pompidou qui ne serait au mieux qu'*un honnête régisseur*.

Un pasteur sans troupeau. Un troupeau sans chef.

# 14

## *Le Roi des Aulnes*

On quitte la France des hommes, les villes, les bourgs et les drapeaux rouges. On survole des forêts profondes ; cap à l'est. Un peu machinalement, il se met à fredonner une mélodie de Schubert qui dit la course haletante, la fuite, sans frein, sans obstacle, la traversée des forêts que l'on survole.

*Wer reitet so spät durch Nacht und Wind?*
*Es ist der Vater mit seinem Kind.*

Il connaît bien ce poème de Goethe, qui a inspiré Schubert, et enflammé tant de musiciens, tant de jeunesses romantiques. Depuis son adolescence fiévreuse et germanophone, il est même capable de le fredonner en allemand, sur les trois tons.

Le ton grave du père ; ce chevalier filant dans la nuit et le vent ; qui d'un bras serre son jeune fils, et de l'autre cravache – il ne faut pas traîner dans la forêt du *Roi des Aulnes*.

Le ton du fils, sur le mode aigu du petit être naïf, attiré par les sortilèges du roi des Aulnes.

*Mon père, mon père, et ne vois-tu pas là-bas*
*Les filles du Roi des Aulnes dans ce lieu sombre ?*

Le ton du Roi des Aulnes enfin, cruel, profond, séducteur, qui essaie d'attirer dans ses filets le pauvre enfant.

*— Veux-tu, gentil garçon, venir avec moi ?*
*Mes filles s'occuperont bien de toi*
*Mes filles mèneront la ronde toute la nuit,*
*Elles te berceront de leurs chants et de leurs danses.*

Mais il saisit le sens du texte de Goethe, et tout à coup il ne fredonne plus. Il voit la scène, il la vit ; l'enlèvement de l'enfant.

*— Je t'aime, ton joli visage me charme,*
*Et si tu ne veux pas, j'utiliserai la force.*
*— Mon père, mon père, maintenant il m'empoigne !*
*Le Roi des Aulnes m'a fait mal !*

Et il comprend.

Ce pauvre chevalier, ce père indigne, vaincu, failli qui se fait voler son enfant… c'est lui.

Et le Roi des Aulnes, ce sont les démons de la France qu'il n'a pu conjurer et qui, comme chez Goethe, ont fini par l'emporter.

Et tandis que son chant s'éteint, que le poème se termine, il se remémore la scène finale.

*Le père frissonne d'horreur, il galope à vive allure,*
*Il tient dans ses bras l'enfant gémissant,*
*Il arrive à grand-peine à son port ;*
*Dans ses bras l'enfant était mort.*

C'en est trop pour son âme tourmentée.

Il fixe l'image avec effroi, le jeune cadavre, bras ballants, yeux révulsés. Il s'agite, il suffoque, il voudrait sortir de cette carlingue, les prévenir… Le danger est mortel ; il est là. Le Roi des Aulnes avec sa pauvre proie… Pour sortir de ce cauchemar éveillé, d'un geste violent il repousse cette vision, le cadavre de la France… Flohic et Madame échangent un regard inquiet.

## 15

## *Comme un homme au bord de l'océan*

Flohic l'interrompt dans sa rêverie macabre ; il se retourne, et lui crie dans le casque : « Tout va bien. Nous sommes dans les temps… nous serons à Saint-Dizier, pour faire le plein… »

Le 17 juin 1940, c'est sur l'île de Jersey, avant le grand saut pour Londres, qu'on avait fait le plein de carburant. Il s'en souvient ; il était à peu près la même heure ; Pétain venait de parler à la radio : « Je fais à la France le don de ma personne », et lui n'en savait encore rien… Il quittait tout, en vagabond, en clandestin, dans l'avion prêté par Churchill ; et pour se donner du courage, il avait prié dans la carlingue surchauffée, surtout au moment de survoler la Bretagne, en pensant aux siens, Yvonne et les enfants, réfugiés à Carantec chez les Vendroux ; et à sa mère Jeanne surtout qui se trouvait là-dessous, autour de Paimpont. Elle était malade, et depuis Le Havre fuyait devant l'avance allemande. Elle allait mourir, quelques jours plus tard.

Le pressentait-il ? Le savait-il ? L'a-t-il abandonnée, elle qui mourut, sans ses fils autour d'elle ? Depuis trente ans, il se torture. Il revit, avec une douleur intacte, ce moment où il avait dû tant lui manquer…

Il a besoin d'expier, et de retrouver cet instant, ce regret infini ; même s'il en arrive à la même conclusion toujours. Sa mère n'aurait pas aimé qu'il reste, avec elle, sous les bombes, en Bretagne, en attendant la Wehrmacht. C'est en partant pour Londres, intransigeant comme elle lui avait appris à l'être, qu'il lui avait été le plus fidèle ; et qu'il lui avait apporté sa dernière joie. Ça, il en est certain, tant de témoins le lui ont rapporté. À Locminé, elle était sur la place du village, avec le flot des réfugiés, quand le curé du bourg leur avait annoncé : « Un général a parlé à la radio de Londres. Il affirme que la défaite n'est pas définitive. Il s'appelle de Gaulle. » Elle s'était approchée du curé, l'avait tiré par la manche, et s'était écriée de sa faible voix : « Mais, c'est mon fils, Monsieur le curé… C'est mon fils… »

Rien n'a changé depuis juin 1940.

Il quitte tout. Il voyage à vingt-huit ans de distance, dans la même posture, le même long corps replié, les mêmes jambes sur les genoux, et comme hier, la main serrant la même serviette en cuir qui alors contenait les « fonds » confiés par Paul Reynaud. À l'époque, il était moins chargé. Il n'avait qu'une pauvre valise, où il avait fourré un pantalon et trois chemises, et dans sa poche, le brouillon de l'appel du 18 Juin, qu'une brave secrétaire de la préfecture de Bordeaux avait bien voulu dactylographier.

Il n'était rien alors, n'étaient-ce ces trois conférences à l'École de guerre, ces livres qu'il n'arrivait pas à écrire, ces chefs qu'il ne parvenait pas à convaincre. Un ancien protégé de Pétain, un poussin, un oiseau sans ailes… Il se souvient ; il retrouve sans mal, à l'autre bout de la vie, cet homme vierge, et si inquiet de son destin. Il avait de l'allure, trop ; de la raideur, trop. Il ignorait ce que la vie allait lui réserver. Probablement d'autres obstacles, des idiots face à lui, d'autres galonnés moisis…

Il était un déserteur, un fuyard comme à présent. Il sautait dans l'inconnu. *Il n'était presque rien… Il était seul et démuni de tout, comme un homme au bord d'un océan qu'il prétendait franchir à la nage.* Mais il avait la force de franchir cet océan, la folle présomption de la jeunesse.

À présent, il n'est qu'un vieux roi en déroute.

## 16

### *« Le Rhin, triste témoin d'éternelles alarmes… »*

Tandis qu'à Saint-Dizier on remplit les réservoirs, il se dégourdit les jambes, à l'abri des regards. Sa femme a préféré rester dans la cabine. Flohic s'approche, le regard un peu perdu du militaire sans feuille de route, en quête d'une destination : *et après ?* Il ne répond pas, s'agace ; et demande, d'un geste de comploteur, à vérifier les cartes de l'Est qu'il lui a demandé d'emporter ; puis une fois rassuré, de les cacher aussitôt, afin que les pilotes ne les voient pas.

L'aéroport militaire de Saint-Dizier est une étape de routine lorsqu'il se rend à Colombey. Il laisse là l'hélico, et prend une voiture pour arriver chez lui, à une heure de route, à vive allure. Mais aujourd'hui, le programme est différent. Il va falloir faire le plein et redécoller, sans attirer l'attention. Le temps de récupérer le message de Boissieu, ou Boissieu lui-même puisque avec ces satanées grèves des P&T, on n'avait pas réussi à le joindre sur la ligne de Colombey, où il devait se trouver. Pas question de traîner, de se faire remarquer par la sécurité militaire qui n'allait pas tarder à être informée, et à rappliquer…

Il ordonne à Flohic d'aller se renseigner auprès du commandant militaire de la base, *et discrètement.* L'aide de camp s'exécute, pas vraiment convaincu, s'en va raser les murs dans son uniforme de marin, au milieu de tous ces aviateurs.

Au bout d'un moment, Flohic revient bredouille. Pas de message, pas non plus de Boissieu au point de rendez-vous.

Il sort un petit transistor enfoui dans son cartable, fait quelques pas pour trouver une fréquence, sans trop s'éloigner afin que les gradés ne le remarquent pas, que personne ne s'étonne du moindre changement. Il tourne et farfouille. Toujours pas la moindre information : des programmes musicaux pour temps de grève, et quand il finit par tomber sur un journal d'informations, la nouvelle de son départ. Il consulte sa montre… Rien ne peut expliquer l'absence de message, ou le retard de Boissieu. Il faudra attendre, *pour les avoir aux pattes*, le retour de leurs déjeuners arrosés, le temps que les services et les journalistes cuvent la nouvelle. Messmer saura d'abord ; grâce à la sécurité militaire et aux radars. Il informera aussitôt l'Élysée et Pompidou. À coup sûr. Ah, l'embarras, la stupéfaction, la tête de Pompidou… Il s'amuse, par avance, de leur panique, des portes claquées, de leur stupeur, de leurs tremblements. Cela le distrait un peu, pour supporter l'attente.

Bizarre. Le colonel était parti pourtant de Paris, en hélicoptère lui aussi, mais avant lui, à 11 heures. Le temps de passer à Colombey, de récupérer quelques affaires et les *papiers* qu'il lui avait demandé de lui rapporter. Il avait le temps, largement, de laisser un message, ou de venir sur Saint-Dizier. Son gendre connaît la route ; il n'est pas homme à faire des fantaisies, un peu trop raide même…

Le plein des appareils est terminé. Les gendarmes – ceux du troisième hélicoptère – ont fini leur mission. Ils viennent prendre congé, saluent, et redécollent. Il n'y a plus de raison de stationner là.

Et toujours pas de Boissieu en vue.

À partir de Saint-Dizier, c'est lui qui devait être son guide, ses yeux, son complice. Il avait tout préparé pour ouvrir la route de l'Est, les contacts avec les fidèles, la position de repli. Sans Boissieu, comment faire ? Il avait dû se passer quelque chose. Un retard, une panne d'essence, un imprévu…

Jusque-là, tout s'était déroulé comme prévu. Personne n'avait compris, ni les ministres (sauf peut-être Pompidou), ni les conseillers, ni les gendarmes qui l'avaient accompagné, jusqu'à ce dérèglement. Il n'est pas superstitieux, mais Boissieu volatilisé, c'est un mauvais présage, et il ne peut s'empêcher de penser à un autre rendez-vous manqué… sur la route de Varennes.

La situation était similaire. Tout se déroulait comme prévu, jusqu'à ce qu'un même petit dérèglement vienne contrarier le plan de ce pauvre Louis XVI.

Le duc de Choiseul, chargé de baliser la voie avec ses hussards, n'était pas au rendez-vous fixé à Pont-de-Vesle. Le carrosse du roi avait pris du retard, et Choiseul, pensant que Louis XVI était déjà passé, ne l'attendit pas. Ensuite, tout le plan se détraqua, jusqu'à ce que Drouet, le maître de poste de Sainte-Menehould, croise une partie du cortège du roi restée en arrière, et se jette à sa poursuite jusqu'à Varennes… Sans ce petit grain de sable, les Républicains, les hommes de La Fayette, à sa poursuite, n'auraient pas pu retrouver Louis XVI, dont le plan de fuite était bien plus élaboré que le sien. Un tel échec, pour quelques minutes seulement, un imprévu, un malentendu…

Et si Boissieu était, lui aussi, déjà passé, et avait été assez bête pour ne pas l'attendre ?

Et s'il avait été empêché ? Et s'il avait parlé, trop parlé ? À Foccart ou d'autres au Palais, qui auraient contrarié son plan ? Le gendre était rigide, mais vaniteux. Tout Boissieu qu'il soit, ne serait-il pas son Choiseul ?

Il se trouve là, incertain et inquiet, quand il croise le regard insistant de Flohic.

*Il ne faut pas traîner…*

Il temporise. Il guette, espère une ombre, une voiture…

Il ne sait plus tout à coup. L'impromptu de Saint-Dizier, en contrariant son plan, l'a déstabilisé. Sur son épaule, madame de Gaulle endormie. Devant lui, le regard accusateur de Flohic, et ces deux pilotes dont il ne sait trop quoi penser… La mort dans l'âme, et d'un geste brutal, approximatif, il commande que la machine se soulève.

Les pilotes s'exécutent, se mettent en position géostationnaire, et attendent. Flohic se retourne encore.

Quelle route ? Quel cap ?

Où allons-nous ?

Poussé dans ses derniers retranchements, le vieux chef ordonne, contrarié, qu'on prenne la route de l'Est. Il ouvre son cartable ; en sort son stylo et un bristol à en-tête de la présidence de la République.

Il hésite, la plume en suspens, se demande, une dernière fois, s'il fait le bon choix, avant de se lancer, d'une écriture tremblée du fait des secousses.

Le commandant Flohic lit, et relit la direction indiquée.

« … Résidence du Gal Cdt en chef FFA

Baden-Baden. »

Le marin est déconcerté. Il imaginait une retraite à Colombey, pour quelques jours ou pour toujours ; à la rigueur une tournée d'inspection militaire auprès des divisions de l'Est, comme l'avait envisagé le chef d'état-major particulier. Mais Baden ! L'Allemagne ! Et chez *ce fou de Massu* ! Il transmet la destination aux pilotes, qui se mettent à chercher une piste d'atterrissage possible, et un itinéraire. Flohic peut enfin sortir ses cartes Michelin ; les déployer sur ses genoux, et, comme elles débordent, sur ceux des deux pilotes. Voilà les trois hommes en train de chercher à tâtons leur chemin pour Baden-Baden sur ce plan de vol de fortune.

Au bout d'un moment, ils choisissent une route jugée plus sûre : Commercy, le nord de Nancy, puis les Vosges par le col de Saverne…

Flohic ordonne qu'on navigue à vue. On coupe la radio afin d'échapper aux radars. L'hélico plonge, jusqu'à frôler la forêt.

L'entrée dans la clandestinité réveille le vieil homme. Elle balaye les doutes revenus, les noirceurs du premier exil. L'hélico glisse sur un tapis vert ; un vert parfait, profond, comme traversé de sortilèges gaulois, dans lequel il a envie de se perdre. Un instant, il sent la cime des sapins frôler la carlingue ; et cette glisse sans retenue, sans entrave ni poursuivants, le remet en selle.

Il est loin, il a quitté ce monde, il défie le Roi des Aulnes, il chevauche la forêt, bientôt les frontières.

Au-dessus du Rhin dont on entrevoit le sillon, il déclame des alexandrins, écrits dans sa jeunesse. « Le Rhin, triste témoin d'éternelles alarmes, Roule un flot toujours prêt à recueillir des larmes. »

Flohic s'inquiète dans le micro de ne pas avoir compris ; est-ce un ordre, une autre de ses énigmes ? Madame de Gaulle, qui vient de s'éveiller, s'en amuse.

# III

## *À Baden*

29 mai 1968
(après-midi)

## 17

## *La sieste de Massu*

Madame Massu est en train de faire son Scrabble, avec sa fille Véronique et une amie de fac venues réviser leurs examens à l'abri des grèves ; et pour rien au monde elle ne sacrifierait le « mot en sept lettres » qu'elle prépare. Ainsi, lorsqu'un jeune soldat attaché à la résidence vient l'informer qu'on veut parler d'urgence au général Massu, elle répond qu'il est peut-être dans le pavillon de chasse où il a ses habitudes à cette heure…

On finit par trouver le général, en effet dans le jardin d'hiver, endormi, nu, un journal sur la tête, plié sur un sofa. En pleine sieste à l'africaine, une habitude ramenée des colonies ; la seule manière, ce jour-là surtout, de faire passer la gueule de bois de la veille où on avait reçu en grande pompe, et jusqu'à pas d'heure, le maréchal Kochevoï et sa suite. On avait forcé sur la vodka et les jerks ; les jeunes filles et les soldats russes avaient dansé – et gentiment flirté – jusqu'au petit jour. Tout s'était bien passé avec le représentant des forces soviétiques en Allemagne, ce géant à la tête de vingt divisions – alors que son hôte n'en dirigeait que deux. Les relations entre

Français et Soviétiques, sur le plan militaire, étaient au beau fixe. Paris serait satisfait.

Dérangé dans son somme, Massu ronchonne, se rendort, et finit par prendre le téléphone tant le jeune soldat est insistant :

« Ici Flohic, mon Général. Nous sommes ici. »

Il est dans les limbes ; il ne comprend rien ; qui est donc ce Flohic ? Il n'attend personne. Il s'ébroue, se frotte les yeux, fait répéter : « Nous sommes ici, dites-vous. Mais qui "nous" ?

— Le Général et madame de Gaulle. »

Massu reste sans voix. Il se redresse, par réflexe. Madame Massu, après son coup de maître, débarque enfin ; elle vient aux nouvelles car à Baden-Baden, hormis le temps de son Scrabble, rien de ce qui concerne la vie de son soldat de mari ne saurait lui échapper. D'une main, il tient le combiné ; de l'autre, il gesticule, tente de lui annoncer, avec des gestes bizarres, l'invraisemblable nouvelle.

*Le Grand…*

*Ici…*

*À Baden.*

Elle croit comprendre, ne le croit pas, se saisit de l'écouteur.

« Mon Général, je demande un vecteur pour gagner votre résidence, et le balisage de votre pelouse par fumigène. »

Massu bafouille un accord. La générale mime à son mari de gagner du temps, de lui en demander plus : où sont-ils ? Quand arrivent-ils ?

Massu s'exécute :

« Mon p'tit Flohic, je suis à poil dans mon lit où je fais la sieste ; laisse-moi cinq minutes pour me préparer. »

On aurait cru qu'ils allaient s'activer, s'agiter, se précipiter. Ils restent tous les deux sidérés, sur ce petit divan en pagaille.

*Qu'est-ce qui leur tombe sur la tête ?*

Ils étaient en train d'achever leur vie militaire, au calme. Ils n'avaient pas démérité, tous les deux, depuis la France libre, la 2e DB, l'Indochine, l'Algérie… À Baden, ils avaient fait oublier que de Gaulle avait décidé la sortie de l'Otan ; s'entendaient à merveille avec les Yankees dans les fameuses fêtes de charité de Toto ; et réussissaient de même avec les Ruskoffs ; la bringue de la veille en était la preuve. Ils avaient défendu la France, chassé la guerre froide ; plus que rempli leur contrat. Les Massu pensaient, après une vie de combats et de tourmentes, mériter le repos, et voilà qu'une histoire ancienne, cruelle, enfouie venait se rappeler à leur souvenir.

Leur silence consterné dure un long moment ; jusqu'à ce que la générale ne le rompe :

« *Mais que veut-IL ? Que nous veut-IL ? Pourquoi nous ?* »

Massu remue la tête, comme un vieux cheval frappé par le vent.

« *Oui, pourquoi nous ? Après tant d'années…* »

Pourquoi eux ? *Après tant d'années*… À quelques encablures d'une retraite bien méritée, et en pleine révolution à Paris !

Ils ne peuvent se réjouir de cette noble visite, il est trop tard dans leur vie. Ils n'ont pas oublié la mise à mort, organisée par de Gaulle en 1960 en pleine guerre d'Algérie. Ils savent comment a été récompensée leur ancienne fidélité. Avoir été l'un des premiers de la France libre combattante avec Leclerc ; et surtout en Algérie, avoir été, sur le Forum d'Alger, le « faiseur de roi ». Lui le ruffian. Le 13 mai sans Massu, pas de De Gaulle. Tout ça pour devenir le tricard de la République... Il s'en serait bien passé.

Huit ans plus tôt, l'erreur fatale avait été d'*ouvrir sa gueule*. L'état-major avait insisté pour qu'il reçoive ce journaliste allemand, l'envoyé spécial de la *Süddeutsche Zeitung* à Alger. Il avait bien le droit de parler, Massu, avec ses galons, et son certificat de gaullisme. L'Allemand et lui avaient sympathisé ; c'était un ancien para. Il avait gagné sa confiance ; l'avait fait boire un soir ; et parler. Trop... L'interview avait été un séisme international. C'était le but recherché par les « services » français : se débarrasser de ce proconsul trop populaire en Algérie ; le faire rentrer en métropole ; supprimer, après tous les autres, le dernier témoin gênant (et le plus décisif) du vrai faux coup d'État qui l'avait ramené au pouvoir, le 13 mai.

Massu avait été sanctionné, sermonné, ignoré, placardisé si longtemps, tiré du purgatoire deux ans plus tôt, mais ce qui l'emportait dans sa douleur, c'est que de Gaulle l'ait traité, lui Massu, comme un putschiste, le premier Salan venu, en laissant monter cette cabale pour le faire rentrer en France. Comment avait-il pu, un instant, imaginer que Massu puisse le trahir ? Qu'il était du même acier douteux que le quarteron de généraux à la retraite, ses collègues déshonorés ?

La fréquentation de De Gaulle ne leur avait pas réussi… Et voilà qu'aujourd'hui, sans prévenir, la Grande Histoire qu'il fuyait depuis cette maudite interview allemande, faisait son retour. Un beau jour, sans prévenir.

Un lendemain de cuite.

Après ce moment de sidération, Toto secoue son homme. Elle donne le signal de la mobilisation ; fait venir l'ordonnance de son mari, choisit l'uniforme de circonstance, et la barrette des décorations ; lance des ordres à toute la maisonnée : « Le Général arrive en hélico. Vite, vite, faites du feu sur le terrain » ; informe les deux capitaines, de *la gravité de la situation* ; ordonne à Doudou, le maître d'hôtel, de ranger le pavillon de chasse, et de débarrasser les reliefs de la soirée de la veille. Puis elle se précipite à l'étage. Là, elle trouve sa fille Véronique et son amie Françoise en train de rêvasser à la soirée endiablée de la veille, et aux jeunes officiers soviétiques qui leur faisaient la cour. Elle les secoue, et leur enjoint de tout ranger, raison d'État. Plus loin, elle presse son autre fille Malika, et son bébé, de quitter la sienne. Les trois jeunes femmes croient à une farce, puis s'exécutent. Enfin, Toto redescend pour surveiller l'uniforme de son mari, sa tenue, ses décorations, sa barbe et sa coiffure. Elle le redresse, le retape, l'inspecte, au moment où l'on entend le vrombissement de l'Alouette 3.

# 18

## *Corsaires urbains*

*Au même moment, à l'hôtel de Matignon.*

La une du *Monde*, qui sort dans l'après-midi, les a assommés : « Le général de Gaulle est parti pour Colombey. » Ils ne sont plus d'humeur à ripailler ; ni à commenter le report du Conseil. Dans la petite salle à manger enfumée (la grande étant occupée par les fiançailles du fils de Georges Pompidou), ils l'attendent plus qu'ils ne déjeunent. Comme tous les jours depuis que Matignon est devenu le dernier repaire du régime, ils prennent cantine à midi ; le soir passent prendre un whisky en commentant la journée ; parfois restent la nuit, guetteurs, impuissants, réchauffés par eux-mêmes ; pour être près de *Georges*, l'informer, l'épauler, le soutenir ; faire bande avec lui.

Autour de la table, les hommes de l'ombre du régime. Des « corsaires urbains », les mêmes depuis Vautrin ; quelques-uns des Treize qui tiennent le pays, ou ce qu'il en reste. Jacques Foccart, patron du SAC et numéro deux de l'Élysée, l'agent de liaison le plus habile entre le Général et Georges, en ces temps difficiles. Roger Frey, l'inventeur des barbouzes durant la guerre d'Algérie, rétrogradé pour cause d'affaire Ben Barka. Pierre Lefranc, le lycéen légendaire du 11 novembre 1940 qui n'a rien perdu de sa fougue bagarreuse, et de son trouble prestige – une rumeur tenace, et sa ressemblance avec le Général, font dire qu'il serait son fils illégitime ; Lefranc ne dément jamais. Avec eux, allure bonhomme de gentleman-farmer et pipe vissée au gosier, Pierre Juillet, le conseiller le plus écouté par Georges. Sous son aspect de père tranquille, un intraitable pompidolien. On attend Chaban-Delmas, toujours en retard. Le gaullisme assiégé est revenu à ses origines : une poignée de *mousquetaires border line*.

Personne ne comprend ce besoin du Général d'aller à Colombey en ce moment. Foccart se tait et fait mine d'en savoir plus que les autres. On se rassure en apprenant par la bouche de Juillet que les chars de l'armée sont enfin positionnés à Issy-les-Moulineaux. Foccart et Frey relèvent, pincés, que Juillet, hier hostile à l'usage de l'armée – comme Georges d'ailleurs –, est devenu le plus va-t-en-guerre… Quand un huissier annonce à Jacques Foccart un appel urgent de l'Élysée.

On lui passe la communication dans un corridor attenant.

Au bout du fil, le directeur de cabinet de l'Élysée, La Chevalerie. Il est paniqué :

« Le Général devrait être arrivé depuis trois quarts d'heure ou une heure à Colombey, et il n'y est toujours pas. »

Le flegmatique Foccart est sonné. Cette bizarrerie de plus, après l'annulation du Conseil des ministres, tous ces dérèglements du matin ; ces archives parties par camion, toutes ces valises pour aller se reposer à Colombey… Pour la première fois qu'il travaille dans l'intimité du Général, les choses lui échappent. Il tente de comprendre la cause du retard, de trouver une piste qui mène aux arrière-pensées de son chef, un indice dans leur dernière rencontre du soir…

« Est-ce que je déclenche les alertes ? relance La Chevalerie.

— Attendons des nouvelles, et pour le moment silence absolu… »

Il est blême lorsqu'il revient à la table du déjeuner, et leur annonce, de sa petite voix aigre : « De Gaulle n'est pas arrivé à Colombey. »

Les souffles sont suspendus, les couverts tintent, se posent. Un frisson traverse l'assemblée ; pas un mot, pas un geste ; personne n'ose un avis, mais une onde se propage. L'incompréhension, la stupéfaction, le sentiment d'abandon ; la peur du vide ; et lorsque Frey rompt le lourd silence, et évoque un accident d'hélicoptère, c'est comme un grognement animal, un chagrin collectif qui sort d'un même corps.

« Impossible… »

Trois hélicoptères sont partis ensemble pour Colombey.

« Si l'un d'entre eux avait eu un accident, les autres auraient certainement donné l'alerte… »

Foccart, le plus gradé dans cette confrérie, approuve. Il se veut rassurant et professionnel, mais sans le vouloir les inquiète plus encore :

« Non… En effet, ce ne peut pas être un accident… Mais il se passe quelque chose d'anormal. »

On prévient le standard ; on libère les lignes téléphoniques ; et on décide, en attendant d'autres informations, de ne pas déranger Georges dans sa fête. On rivalise d'imagination. La thèse tragique ayant été repoussée, une autre apparaît, plus conforme à la légende du Général. Foccart se souvient qu'en avril 1961, au moment du putsch des généraux d'Alger, alors qu'on craignait de voir débarquer les paras sur Paris, le Général avait pensé à partir pour Toulon, auprès de la flotte. De là, protégé, armé, muni d'une logistique, il aurait dirigé la France à partir d'un porte-avions ou d'un cuirassé, et mené la lutte militaire contre les putschistes… Autour de la table, l'hypothèse séduit, et les braves se souviennent, se réveillent, et se mettent à rêver d'en finir, avec les rouges, les jeunes, la révolution. Frey approuve : en Algérie, il était lui aussi aux avant-postes, il s'en souvient… Il a lui aussi ses anecdotes… Enfin, le Grand Charles réagit… Il prépare, c'est certain, le sursaut qu'ils n'espéraient plus voir venir…

Ayant épuisé les hypothèses de survie dignes de la légende du Général, ils se taisent ; comme s'il était plus conforme à la tragédie qu'ils sentent rôder – quoi qu'ils en disent – de se concentrer sur l'horloge de la cheminée et son rythme fatidique ; comme si ce silence allait hâter la bonne nouvelle, faire sonner le téléphone.

Quel tour allait encore leur jouer le Vieux ?

Il préparait quelque chose, c'est certain. Il poursuivait le combat, comment en douter ? Mais alors pourquoi n'étaient-ils pas dans la confidence ? Pourquoi n'ont-ils pas été prévenus, appelés, mobilisés, comme avant, affectés dans les maquis de Provence, à la tête des chars d'Issy-les-Moulineaux, sur une base aérienne, ou à la tête du SAC tapi dans l'ombre, et prêt à agir ?

N'étaient-ils pas les mousquetaires du régime ? Avec lui, depuis toujours, aux avant-postes du combat ?

À moins que, pour la première fois en trente ans, ils n'aient été tenus à l'écart du coup qui se prépare ?

# 19

## *« Tout est foutu, Massu »*

Il descend de la passerelle, bute sur une marche, manque de trébucher, avant d'être retenu par Flohic, posté derrière lui. Une fois au sol, il stationne sous les pales, dans le fracas des rotors encore en chauffe ; ses jambes lui jouent des tours ; et comme il ne porte pas ses lunettes, il ne voit pas grand-chose du comité d'accueil qui s'avance vers lui : Massu entouré de ses deux adjoints, en grand uniforme. Il distingue les ombres ; avance à tâtons dans le brouillard et le brouhaha. Un instant, il s'arrête et se retourne, impatient, vers l'aide de camp qui met un temps infini avant de lui trouver ses lunettes, au fond de sa serviette. Il les revêt, se redresse, et découvre les lieux ; le ciel bleu ; un léger brouillard sur les monts Fremersberg, qui dominent la plaine d'Alsace : et là, sur les pelouses au carré, un curieux monument aux morts, dédié aux soldats allemands de la guerre 14-18, qui vient lui rappeler la vieille querelle et que Baden n'est pas tout à fait la France. Il s'intéresse enfin à Massu qui se tient là, dans son garde-à-vous le plus solennel, entre ses deux capitaines.

Le vieux para reste interdit en le voyant : ce costume trop grand ; cette silhouette affaissée ; cette mine de déterré. Il garde haut son salut militaire, et tente une formule de bienvenue, à laquelle le vieux chef, soûlé par le voyage et le bruit des rotors encore fumants, répond par un monologue inaudible.

*Foutu, Massu… Tout est foutu…*

*Les communistes…*

*… la paralysie du pays…*

*Ministres décomposés biologiques…*

*Police impuissante…*

*Plus aucune commande…*

*La digue… La digue…*

*Je ne commande plus rien…*

Massu tente de garder sa contenance et bredouille : « Vous n'y pensez pas, mon Général ! Un homme de votre prestige… », sans que la plainte, une sorte de râle, ne cesse. Alors, il se décide à conduire le Général vers la résidence en le prenant par le bras. Il ne faut pas traîner. Personne ne doit le voir dans cet état.

Madame de Gaulle, elle, ne veut pas croiser ce comité d'accueil. Elle en profite pour se faufiler hors de l'appareil. Elle veut se faire oublier, comme toujours. Elle avance menue, sombre, courbée, vers la résidence, sa précieuse malle-cassette à la main. Ces trois heures de vol l'ont éprouvée. Elle répond à peine aux paroles de Toto, venue à sa rencontre, et qui a vite compris qu'elle ne doit pas faire de phrases. Elle s'inquiète surtout pour ses valises. Madame Massu hèle deux jeunes soldats pour cela, avant de conduire madame de Gaulle dans un salon qui lui sert de bureau, où sa visiteuse demande, comme dans les familles bourgeoises, *à aller se rafraîchir* ; c'est-à-dire à visiter les chambres prévues à cet effet.

Suzanne blêmit. Les chambres d'invités doivent être encore en bazar, comme le reste de la résidence. Elle tente de gagner du temps ; insiste pour faire à son invitée les honneurs de la visite. En chemin, elle détaille devant la vieille dame, polie et épuisée, l'étrange histoire du pavillon de chasse, en forme de croix de Malte, construit par le margrave de Baden au XVIIIe, auquel – car il était trop exigu – on a ajouté, au XIXe, la résidence pour les habitations, et cet étonnant jardin d'hiver, bien pratique pour les réceptions officielles… Avant de se résoudre, à bout de ressources, et redoutant le pire, à la conduire à l'étage, où se trouvent les chambres d'invités.

Là, Doudou a fait des miracles : tout est calme, propre, rangé. Suzanne désigne la salle de bains, les commodités, mais l'invitée est curieuse d'en voir plus. Elle visite donc, elle inspecte les lieux d'un œil aigu, la « suite du Cardinal » et « la chambre de Lucie » attenante ; passe de l'une à l'autre ; compare ; évalue ; repère la vue des fenêtres ; constate l'état de la literie… Un instant, elle se fige et questionne madame Massu, un peu déroutée par la demande, sur la taille du lit de la chambre du Cardinal ; et se trouve rassurée par les standards de la literie allemande, et leurs deux mètres cinquante.

« Il faut un très grand lit pour le Général. »

Ils comptent donc dormir là ! Suzanne cache sa surprise : elle est une femme du monde.

Est-ce le fait d'avoir trouvé un toit, un grand lit pour le Général, les lambris boisés de ce chalet, cette chaleur hospitalière qui entoure les Massu-qu'on-connaît-depuis-toujours ? Toujours est-il que madame de Gaulle se sent mieux. Elle quitte chapeau, écharpe, manteau, cette armure qui fait d'elle cette ombre austère en arrière-plan des voyages officiels. Elle s'assoit sur le rebord du lit, rassérénée, et se met à parler, à voix basse, à Toto. Ce sont d'abord des sensations et des dodelinements de la tête qui semblent dire son état, sa misère, suivis de longs silences. Et puis des phrases, des souvenirs de cette tourmente. En parlant, cette taiseuse revient à la vie. La vigoureuse Toto se trouve être – en dépit de son passé de divorcée – la première oreille amicale qu'elle rencontre depuis longtemps ; et cela la soulage de tant de plaintes rentrées. Un moment, elle articule enfin, d'une voix distincte, lasse et sourde : « Il a pris la bonne décision, oui. »

Toto ne comprend pas vraiment de quelle *décision* elle parle. Elle est simplement émue ; trop ; alors pour rester la parfaite hôtesse, elle préfère changer de sujet ; revenir à ses obligations domestiques.

*Ils n'ont rien mangé depuis le matin !*

Elle est confuse, et se précipite à la cuisine où, là encore, elle pressent la catastrophe ; et en effet, les réfrigérateurs de la résidence sont vides. Les invités russes ont tout dévoré et, manque de chance, l'économat du camp est fermé. À la guerre comme à la guerre, Toto se met à bricoler, avec Doudou, un menu avec les restes du dîner russe, une omelette, de la viande froide, de la salade, un peu de fromage.

Au rez-de-chaussée, elle croise un officier qui, à force de gestes affolés, longs et géométriques, comme ceux qu'on fait dans la marine, la prévient : « Ils sont là », enfermés dans le bureau de Massu.

## 20

### *« Donc je me retire »*

Du fauteuil où il se tient, affalé plus qu'assis, il découvre les lieux, la pièce aux plafonds hauts, les boiseries, cette réplique d'un vieux chalet alpin, un peu outré, et bien plus luxueux que son presbytère de Colombey. Il a besoin de souffler ; de faire le point ; de retrouver la terre ferme, sans ces vibrations, ces secousses, ce vacarme, ce départ, ces secrets, et à son âge, cette peur au ventre d'être rattrapé, à tout moment… Il est sur le point de s'assoupir, lorsque son regard est attiré, un peu plus loin dans la pièce, par une sorte de petit mausolée que s'était constitué Massu. Trois photographies. Une photo de De Gaulle, bien sûr ; une de Leclerc, le frère d'armes de la 2e DB ; et une dernière d'un para d'Algérie, mort en martyr avant d'avoir eu le temps d'être putschiste. C'était donc là le trio de cœur de Massu…

Il s'étonne du choix de cette photo de lui, si banale. Il n'en manquait pas, de plus évidente, de plus glorieuse. Elle avait été prise à Trèves, en Allemagne. Il est à peine capitaine, chef du 19e bataillon de chasseurs à pied, à Trèves, en Rhénanie occupée. Il a trente-sept ans ; Anne va naître, chère Anne…

Pourquoi donc Massu avait-il retenu cette photo de lui ? À côté de ce capitaine, trop grand, trop inquiet, engoncé dans sa veste de cuir, Leclerc rayonne. Il a de l'allure, l'air d'un vrai héros, lui. Son regard s'attarde sur le portrait du chef de la 2e DB ; si beau, si jeune, cette allure de général de la Révolution, tout ce que, lui, malgré l'Histoire, n'aura jamais… Il se demande – l'idée est absurde – qui, des deux, Massu aimait le plus, lui ou le regretté Leclerc. Et il redoute la réponse. Alors, dans un de ces élans de jalousie que les grands fauves peuvent se permettre, sans honte, il se convainc que c'est la mort de Leclerc, si jeune, qui le fait si grand à présent ; et cela le console un peu.

Massu revient dans la pièce, trop tôt à son goût, mais sans attendre, il s'extrait de son fauteuil lourdement, et lui annonce avec solennité :

« Donc, je me retire… »

Massu reçoit la nouvelle, comme un uppercut. *Avec Toto, ils ont tout imaginé, tout redouté, sauf ça.*

« On ne veut plus de moi… Les communistes ont provoqué la paralysie du pays… »

Le para tente une protestation qui tombe à plat. Tandis que l'autre lui fait, dans le désordre, le récit de ses nuits de mai, celle du 10, celle du 24 plus terrible encore ; les conseils d'impuissance, les décomposés biologiques ; le jeu de Moscou, celui de Washington qui se frotte les mains ; les tourments du ministre de l'Intérieur monsieur

Fouchet, le double jeu du préfet de police ; la vanité de Joxe et les calculs indignes de Pompidou ; sans parler des bandes armées ; des soviets d'infirmières dans les hôpitaux qui jugent les grands patrons ; et du personnel de l'armée en grève le matin même – *l'armée en grève, vous imaginez ?*

Un récit d'apocalypse qu'il conclut, l'œil chargé d'effroi, tonnant comme un vieux chef gaulois effrayé par le ciel :

« C'est un torrent…
C'est un torrent…
Je ne peux pas le saisir…
Je ne commande plus rien…
On ne tient pas un courant dans ses mains.
Je n'ai plus de prise. »

Que répondre à cette plainte, à cette ombre ?

Une fois le flot de colères tari, et comme s'il s'agissait d'une conséquence logique, il laisse tomber :

« Et comme je me sens menacé en France, ainsi que les miens… Je viens chercher refuge chez vous… »

*Venir cherche refuge chez lui !*

C'est un deuxième uppercut pour le para.

Il ne moufte pas. Son physique de gueule cassée autant que la pratique de la lutte gréco-romaine lui permettent cette impassibilité, alors que tout bouillonne en lui. Il a bien compris, en voyant le Grand Charles débarquer, que ça allait secouer… Mais là, ce n'est plus une simple visite, une inspection militaire par temps de crise, ou même – s'il y tenait vraiment – une étape secrète non prévue par le protocole.

Ce n'était plus pareil… *Il cherche refuge !*

Voir de Gaulle quêter un toit le dépasse, le révulse. Un monde vacille. Tout ce qu'il a fondé dans sa vie depuis ce jour de 41 où, au fond du Tibesti, il lui avait offert son lit, et dormi en travers de sa porte pour le protéger des hyènes et des rôdeurs, perd son sens. Depuis trente ans – à l'exception de la brouille algérienne –, Massu était resté ce chien fidèle ; il l'assumait, et se fichait de ceux qui, à Paris et dans les états-majors, se moquaient. Il n'était pas le moins du monde un intime chez lequel il pouvait venir *trouver refuge* ; s'épancher tel le premier mortel venu. Massu n'était pas son ami. Il n'en avait ni le rang, ni l'ambition. D'ailleurs de Gaulle a-t-il jamais eu d'ami ? Massu obéit, Massu aboie, Massu agit. Il ne pense pas. Pour ce que ça lui a rapporté après le 13 mai ! Il est un grognard ; pas le moins du monde un *refuge*…

« On ne veut plus de moi… »

Le para serre les dents. Il y a dans le ton, le jeté, le tombé de cette phrase quelque chose de définitif qui lui interdit toute réponse. Il refrène une bourrade qui lui venait sous la langue, et continue d'écouter le soliloque du Général, debout, les jambes écartées du para, et bras croisés ; masquant son désarroi derrière cette pose pour photographes de presse.

La dernière fois qu'il avait vu de Gaulle, deux ans plus tôt, au moment de sa nomination à Baden, sa sortie du purgatoire, c'était le grand de Gaulle qui continuait à vouloir bouter les Anglais hors du marché commun ; un Napoléon inspiré qui lui dévoilait les secrets de la sortie de l'Otan, et les grandes manœuvres de la planète. La fois précédente, les murs de l'Élysée s'en souviennent, c'était César, un tyran intraitable. À la suite du scandale monté par les barbouzes fin 1960, il avait été relevé de ses fonctions, rapatrié et convoqué tel un paria dans son bureau. Là, il avait reçu la plus mémorable des engueulades. Durant une heure, les cris du Général fusaient, les insultes de corps de garde aussi. Il avait fallu retenir le Général tant il était furieux. En tapant sur son bureau, il avait même cassé sa montre-bracelet. On avait dû exfiltrer Massu par une porte dérobée… Si dur, si injuste eût-il été ce jour-là, il préférait encore le monarque qui l'avait mis en pénitence dans les garnisons de province à ce vieillard apeuré qui, écrasé dans ce fauteuil, continue de se justifier.

« Massu, cette fois c'est sérieux…

Ce n'est pas comme en 1946, où le "système des partis" ne voulait plus de moi ; à tel point que j'ai claqué la porte…

Ce n'est pas une crise comme les autres.

Ce n'est même pas le putsch, Massu. »

Il prononce putsch (putche) à la française ; l'expression dans sa bouche se trouve gonflée de dérision. Massu se demande s'il n'y a pas là une méchante allusion à l'Algérie ; se trouve vite rassuré.

« Ce n'est pas non plus la tempête des conformistes, comme après "le Québec libre", ou la sortie de l'Otan où ça a secoué…

Tout ça c'était de la bagatelle… »

S'ensuit un long silence.

« Ce n'est même pas une crise politique.

Ça, c'était hier, le jeu… »

Un instant fugace, un air rêveur, le regret du temps où justement il était le maître du jeu.

« À présent, c'est le verdict, Massu.

C'est le verdict. »

Cette voix vient des profondeurs ; elle résonne de ses nuits blanches et de ses peurs ; ce ton de prophète blessé déchire Massu.

« Et ne me racontez pas d'histoires, Massu… »

D'un grand geste désignant l'Ouest, la France, les veaux, les hommes à DS, aussi bien que Strasbourg :

« Ils ne veulent plus de moi. Ils me chassent…

C'est une révolution, Massu.

Une révolution. »

Il insiste. Il martèle, et son grognard se trouve désarmé, ému, dépassé. Il était bien décidé à ne pas s'en laisser conter, fût-ce par de Gaulle ; il se trouve dépourvu devant ces arguments de haute politique, qui – Toto le lui disait assez souvent – lui passent au-dessus de la tête. Une révolution… Il n'ose s'aventurer sur ce terrain ; et puis il n'arrive pas à saisir le regard du Général, ailleurs, accablé, toujours insaisissable.

« Les Français veulent ma mort et celle de ma famille. »

Il s'interrompt, et enfin regarde Massu droit dans les yeux.

« Imaginez que madame de Gaulle a failli être lynchée. »

Il veut lui faire partager ses terreurs, il se met à lui conter l'histoire de l'homme à la DS, puis celle du Bon Marché. C'est réussi et Massu est défait, dans les cordes, incapable de résister. Il ne peut que compatir au récit du vieux chef. Les exilés éprouvent le besoin de fonder sur ce genre de faits précis la cause de leur malheur ; et c'était là, avec la nuit du 10 mai, l'exfiltration de Jeanne, ou les malheurs de Philippe dont on avait refusé l'inscription à la cure de Contrexéville, le pauvre bagage des De Gaulle. Des frayeurs décisives, qu'ils essayent de transmettre, afin que les autres comprennent. *Il était déjà un exilé.*

« Vous comprenez Massu ? Les Français sont devenus fous. »

Lorsqu'il voit entrer Toto dans la pièce, suivie du maître d'hôtel pas peu fier et portant avec solennité le pauvre repas froid, Massu remercie le ciel, ce répit, son épouse.

Le Général, lui, s'anime ; il déplie son grand corps, et saisit délicatement la main de madame Massu, afin de la porter aux lèvres.

« Je m'incline devant la plus charmante des Rochambelles. »

Madame Massu rosit, elle se redresse dans un salut presque militaire ; et l'on retrouve en cet instant de saisissement la jeune femme qu'elle a été. Toto, une des ambulancières héroïques du groupe Rochambeau. En ce temps-là, elle s'appelait Suzanne Torrès, et elle était le bras droit d'une Américaine, Florence Conrad, qui avait créé en Amérique cette brigade de femmes, et cette flotte d'ambulances ultra-modernes qu'elle avait baptisée « Rochambeau » en hommage au général, chef du corps expéditionnaire français, ce « héros des deux mondes » qui, avec George Washington, gagna la guerre d'Indépendance.

En voyant débarquer à Londres la milliardaire avec les quarante femmes en uniforme et vingt ambulances flambant neuves, les hommes de la France libre avaient cru à une plaisanterie. Leclerc avait voulu leurs ambulances, mais pas d'elles. Seul de Gaulle les avait soutenues contre les conformistes… Il ne s'était pas trompé. Sur tous les champs de bataille où elles accompagnèrent la 2e DB, du Débarquement jusqu'à Berchtesgaden, les Rochambelles furent admirables ; sauveteuses, sœurs, mamans, amies, amantes. C'est là que Suzanne avait rencontré Massu… Un dîner sous une tente, assise sur un jerrycan.

Dans la France libre, Suzanne Torrès était devenue une figure, une mascotte. On l'appelait « Toto », en référence à son premier mari, le ténor du barreau, ami de Léon Blum, Henri Torrès. La vie de Toto avait été cavalcade, et dans cette société d'hommes, de gauche, de droite, elle avait su se faire respecter, aimer et obéir. Ne disait-on pas que Massu lui devait tout, ses cinq étoiles, sa carrière, et surtout la vie, puisqu'elle l'avait empêché de devenir putschiste en Algérie, et que de Gaulle lui en savait gré, à elle ?

Toto est flattée par ce compliment, honorée de retrouver son grand homme, mais elle marque une distance lorsque de Gaulle l'entreprend sur la politique, son départ de Paris, la révolution, le flux insaisissable, la digue, et les Français… De Gaulle veut poursuivre la conversation avec elle, comme si Massu ne lui suffisait plus. Il avoue son impuissance, cherche à se faire plaindre, la consulte… Elle évite le piège, s'incline, fait la bête, s'en tient à son rôle de parfaite maîtresse de maison. *La chambre du Cardinal… la literie allemande, celle attenante pour Madame, et pardon pour cette modeste collation, les Russes d'hier ayant tout dévoré…*

Un peu déçu de ne pas avoir pris la Rochambelle dans ses filets compassionnels, le Général revient à Massu et à la fuite : « Et les Allemands !… Il faut prévenir les Allemands, Massu… Par courtoisie diplomatique, vous savez comme ils sont ; ils le prendraient mal… »

Massu échange un regard inquiet avec Toto, avant de le rassurer : « Mon Général, tant que nous sommes ici, nous sommes en territoire français en vertu de… »

De Gaulle l'écoute à peine et, retrouvant son autorité sèche, ordonne :

« Pas besoin de finasser, Massu… » Il faut prévenir le gouvernement de Bonn.

Toto se tait mais elle a saisi l'enjeu : la révélation de la présence du Général à Baden déclencherait une machine infernale, et elle trouve son Massu de mari bien *flagada* pour éviter ça. Elle cherche une idée, une issue, et sans trop calculer, retrouve l'accent militaire et docile de la

Rochambelle : « Ne vous inquiétez pas, mon Général. Restez avec Massu… Je m'en charge avec le général Mathon… Le général Karpinski, chef de la Mission de liaison de la Bundeswehr, est un intime, un homme charmant d'ailleurs… »

## 21

## *« De Gaulle a disparu ! »*

*Au même moment, à l'hôtel de Matignon...*

Le chef des cuisines a concocté un menu spécial pour les fiançailles d'Alain, le fils du Premier ministre et de Claude Pompidou. On vient de faire les rituelles photos dans les jardins de Matignon. La fête est réussie, à peine ternie par une blague de carabin qu'Alain n'a pu s'empêcher de lancer : « Si nous devons mourir, mourons mariés ! » Les Pompidou n'auraient sacrifié pour rien au monde, pas même cette révolution à leur porte, la seule date heureuse dans leur agenda de tourmente. En dépit de la carrière trépidante de Georges et d'une intense vie mondaine, ils avaient d'ailleurs toujours su préserver leur vie familiale, comme s'il fallait faire oublier qu'Alain est un enfant adopté. Tout va aussi bien que possible pour Georges Pompidou, malgré la France qui fout le camp ; Giscard qui vient de réclamer à l'AFP sa démission ; les combinaisons qui se trament dans Paris pour le faire tomber, et bien sûr *les communistes armés* qui l'après-midi vont déferler sur Paris... Tout cela glisse sur lui, à l'exception de cet étrange coup de fil avec de Gaulle dans la matinée, qui ne cesse de le turlupiner.

Ce ton et ce fatalisme, et ces silences au bout du fil. Et cette annulation d'un Conseil des ministres qui s'annonçait décisif… ?

Cette envie tout à coup d'aller dormir à Colombey, et en pleine semaine.

Et cette phrase : *Je suis vieux, vous êtes jeune, c'est vous qui êtes l'avenir…*

Était-ce un feu vert, un passage de relais, la confirmation de ce delphinat qui n'en finit pas ?

Un soutien tardif ? Un de ces encouragements ambigus dont le Général qui-ne-peut-jamais-faire-simplement est familier… ?

Ou bien s'agit-il d'*une ruse* ? Comme en est convaincu Juillet, ce mousquetaire anti-de Gaulle…

Il se remémore leur conversation du matin, s'arrête sur un mot, s'interroge sur un ton, le sens d'un silence, se perd en conjectures…

Quelque chose lui échappe.

Le Général s'accrochait à son pouvoir ; il était payé pour savoir… Et voilà qu'il va « se reposer à Colombey », laissant la place vide, dangereusement vide. Le Vieux avait certes vieilli, perdu la main, mais il n'était ni un tendre, ni un naïf. Cela ne ressemblait pas à l'autocrate capricieux qu'il était obligé de gérer, de cadrer, d'affronter depuis des années…

Quelque chose clochait… Cette soudaine affection, au moment de raccrocher, ce « je vous embrasse » qui ne lui ressemble pas plus, et qui ne cesse de résonner dans sa tête.

Il se sert un autre whisky, histoire de desserrer l'étau ; car jamais dans sa vie il ne s'était senti si vulnérable ; pris dans de tels filets, un piège en eaux profondes.

Un huissier entre, et vient lui chuchoter que le secrétaire général de l'Élysée est là et qu'il veut lui parler, sans tarder.

Les invités sont surpris de voir débarquer Tricot tout agité. Le silence tombe sur la fête. Le haut fonctionnaire, si digne d'ordinaire, transpire, il est pâle, si confus de déranger… Pompidou l'autorise à poursuivre en confiance. Tricot hésite, puis se lance ;

« Monsieur le Premier ministre… On a perdu la trace du Général… Il n'est pas arrivé à Colombey… »

Pompidou retombe sur son siège et s'écrie : « Alors, il est parti pour l'étranger. »

Le cri est sorti plus fort et plus vite qu'il ne l'aurait voulu, comme s'il avait conclu à haute voix ses supputations. Sur un ton affirmatif ; comme s'il n'était pas étonné.

Mais il se reprend et désigne le malheureux Tricot :

« Mais vous savez, vous, Tricot, où il est parti ! Ce n'est pas possible autrement… »

Le secrétaire général, livide, reste muet.

« Ça suffit ! Vous allez me dire tout de suite où il est, vous entendez ! »

En entendant ce cri, les grognards, les convives de l'autre déjeuner débarquent.

« Allez-vous me le dire enfin ? »

Le secrétaire général est apeuré ; incapable de se défendre devant cette curieuse assemblée. Il dégèle enfin, il promet et il jure. Pompidou finit par être convaincu, le jury improvisé qui s'est groupé autour d'eux aussi. Mais cette ignorance de Tricot, le fait que même l'Élysée ne sache rien, aggrave encore le malaise.

Les fiancés, les parents, les beaux-parents, les soudards et les ministres restent interdits, sonnés, incapables de répondre, de commenter, d'ajouter quoi que ce soit.

Seul Pompidou s'agite. Sa rage se déplace sur Messmer, le ministre des Armées, qu'il a au téléphone et engueule comme un bizuth :

« C'est tout de même incroyable ! Vous avez la responsabilité du président de la République, et vous ne savez même pas où il est ! »

Au bout du fil, Messmer bredouille de longues explications techniques que Pompidou, accablé, répète et commente à la cantonade :

« ... Donc les radars militaires de la France (qui se flatte de pouvoir déceler toute fusée ennemie) ne sont pas capables de capter l'image de deux hélicoptères se déplaçant à moins de 200 km/heure...

... Les hélicos ne sont plus en l'air, ça vous le savez, mais le réseau entier de la gendarmerie n'est pas capable de les situer au sol... en bon ou en mauvais état...

On a perdu la trace des deux hélicos, après Saint-Dizier, où ils sont allés faire le plein… Puis plus rien. »

Faisant fi des explications de Messmer, il retrouve le même ton, soupçonneux et humiliant, qu'il a employé avec Tricot. Il l'interrompt, l'accuse, perd son calme :

« Et qu'est-ce qui me prouve même qu'il est parti de son plein gré ? »

Après un moment de stupeur collective, Chaban – qui a entendu parler de la conversation téléphonique du matin avec le Président – tente une boutade : « Il vous embrasse et c'est vous qui êtes baisé », qui agace plus encore Pompidou.

# 22

## *« Nous étions des clochards épiques »*

Il reprend du café avec bonheur, jette encore un regard à la photo de Leclerc, puis va à la fenêtre, et stationne là, mutique devant le panorama. Il fixe le massif des Vosges, à l'Ouest, il regarde la plaine d'Alsace qui se déroule, jusqu'à Paris et sa révolution. Il consulte sa montre-bracelet ; imagine la capitale à cette heure, les rumeurs qui bruissent, l'information de son départ a peut-être déjà été éventée... Il se perd en pensée, dans les épais massifs de la Forêt-Noire. Une fois épuisé ce tableau, et sa mélancolie, il cherche du regard Strasbourg.

À travers la brume, il finit par distinguer les reliefs de la ville ; puis d'un œil aigu et impatient, il se met à chercher la cathédrale Notre-Dame de Strasbourg. Il la trouve, avec sa tour de grès rose, unique. Et sa flèche. Il y accroche son regard ; et sans se retourner, déclame :

« Jurez de ne déposer les armes... »

Aussitôt Massu est saisi, et il reprend avec lui : « ... que lorsque nos couleurs, nos belles couleurs, flotteront sur la cathédrale de Strasbourg. »

Le serment de Koufra... Celui que le colonel de Hauteclocque, alias Leclerc, qui venait de vaincre les forces italiennes, armées, puissantes et fortifiées, fait dans le désert libyen, le 2 mars 1941. C'était la première victoire militaire de l'improbable *France libre*.

« Tout a commencé là, Massu... Après le 18 Juin, c'est le premier chapitre... »

Massu, qui ne s'attendait pas à voir ressortis ces souvenirs, renchérit :

« C'est le serment de Leclerc qui nous a portés pendant quatre ans... Notre obsession, durant toutes ces années, a été de planter le drapeau français sur la cathédrale... Je me souviens encore du télégramme que vous avez envoyé à Leclerc, le lendemain, et qu'il conservait avec fierté : "Les glorieuses troupes du Tchad et leur chef sont sur la route de la victoire. Je vous embrasse."

— Vous étiez présent lors de ce serment, racontez-moi...

— Hélas non, mon Général, j'étais engagé ailleurs à Mourzouk, dans un raid franco-britannique. »

De Gaulle est déçu. Massu le comprend et se rattrape.

« Nous avions mis une bonne branlée à l'armée italienne en tout cas à Koufra, mais nous n'étions qu'une troupe de gueux. Des "clochards épiques", a dit de nous Malraux. Il est gentil votre Malraux ! Si vous nous aviez vus, mon Général !... Ça, une armée qui pourrait reprendre la France à Hitler ? Un seul canon ; cinquante vrais soldats seulement ; des méharistes, des tirailleurs tchadiens et une poignée de Camerounais mal équipés...

— En 1941... Comme j'aurais aimé être là, avec vous ! Plutôt que dans mes affres politiques avec Churchill... »

C'était un paradoxe, et au fond sa grande frustration. Ne pas avoir fait la guerre. L'avoir gagnée certes, et même – par un tour de passe-passe prodigieux – avoir fait asseoir la France à la table des vainqueurs ; mais il souffrait de ne pas avoir bataillé, vécu, vibré, ou engagé des troupes, comme les autres grands chefs de guerre. La seule fois où il avait été au front, c'était pour attaquer Dakar, aux mains des vichystes en septembre 1940 : cela avait été un tel échec. Et pour le Débarquement aussi, les Anglais et les Américains l'avaient tenu à l'écart. Il n'avait rien vu de cette guerre mondiale, alors qu'il aurait jugé normal, puisqu'il était le chef, d'être doté du don d'ubiquité. Ou, à défaut, de pouvoir suivre la guerre et de se faire transporter sur tous les théâtres d'opérations, entouré d'états-majors, gavé de rapports, comme Hitler, Staline, Churchill. De Gaulle lui n'avait pas eu cette chance. Il était ce gueux parmi les chefs, qui restait cantonné à Londres, plus tard à Alger, seul, sans État, sans moyens, sans argent si ce n'est le prêt humiliant de Churchill ; sans relais, incapable de joindre Moulin ou ses espions durant de longs mois, telle Isabelle la Catholique avec ses explorateurs. Il n'avait rien vécu, rien vu de tout ce dont il était l'un des ordonnateurs. Il était amputé de tout cela, comme s'il avait perdu la vue, ou un pan de sa mémoire. Les années passaient ; et le manque était plus vif encore.

Ainsi, dès la sortie de la guerre, il avait pris pour habitude de questionner, à la moindre occasion et avec voracité, les Français libres, les résistants, tous les estropiés qui passaient à sa portée. Il les convoquait sous des prétextes divers, pour leur faire préciser une situation, percer une énigme. En les mettant ainsi à la question, comme il le faisait avec Massu, il retapissait sa mémoire sèche; et reconstituait les batailles, comme on assemble un impossible puzzle. *Il rattrapait la guerre perdue*. Dans ces moments-là, il était une commère de génie: avide de détails, d'instants héroïques, de bons mots, et aussi de méchancetés, comme cette histoire sur Maurice Schumann qui l'avait enchanté. La plus vaillante des voix de la Radio londonienne s'était portée volontaire pour la France. Il lui fallait valider sur le terrain son intrépidité radiophonique. Hélas, à la dernière minute, Schumann avait eu peur de sauter en parachute sur la Normandie… Cette fois, il a Massu sous la main, et c'est la prise de Strasbourg qui le captive.

« Elle a été au fond plus difficile que celle de Paris, n'est-ce pas… ? »

Il veut savoir, là encore, l'humeur de Leclerc, la veille; la couleur de la nuit avant la prise de la ville; au petit matin, la difficile progression de Massu et de ses hommes dans les quartiers périphériques où une solide défense allemande résiste plus que prévu et là, mauvaise surprise mon Général, des fossés antichars… Massu se prête au jeu, détaille, revit avec ses mots de troufion, quitte – là encore pour ne le pas décevoir – à enjoliver un peu. Mais le vieux chef n'est pas rassasié. Il retourne à la fenêtre, retrouve sans mal la flèche de la cathédrale de Strasbourg. Il est avec eux, ce 23 novembre 1944, à 7 h 15 du matin. Il est avec Leclerc, dont c'est le quarante-deuxième anniversaire; avec Massu, fourbu, qui arrive tard, et vient seulement de se frayer un chemin dans la ville. Il est avec ces clochards épiques qui ont osé ce serment fou. Il est partout, et même au sommet de la cathédrale ; tout là-haut ; sur un rebord de la pointe, près du paratonnerre, avec le soldat qui plante le drapeau tricolore, bricolé dans l'urgence.

Au bout d'un moment, toujours à la fenêtre, il demande à Massu, sans se retourner, et cette fois avec une douceur étonnante :

« C'était bien un jeune spahi qui a grimpé tout là-haut… Comment s'appelait-il déjà ?

— Lebrun, Maurice Lebrun, mon Général… Et il a grimpé à mains nues, tout en haut, cent quarante-cinq mètres au-dessus du niveau du sol, mon Général… » répond Massu du tac au tac, pas mécontent d'avoir fait baisser la pression.

## 23

*« Ce n’est pas à soixante-dix-huit ans qu’on recommence le 18 Juin… »*

Dans la salle à manger du pavillon de chasse, madame de Gaulle a accueilli avec bonheur le « repas froid » que Suzanne Massu lui a confectionné.

Un peu à l’écart, au bout de la table, l’aide de camp Flohic engloutit sa part d’omelette, en silence, la tête dans son assiette, gêné par cette intimité civile et féminine. Elles l’ont oublié d’ailleurs ; madame de Gaulle surtout.

« Ce n’était plus possible…

Nous ne pouvions plus rester à Paris…

À l’Élysée, je vivais dans la peur, nous vivions dans la peur…

Tous les jours, et pas plus tard qu’hier, je tremblais à l’idée que le Palais soit envahi ; que mon mari soit assassiné ; que mon fils soit lynché, et sa famille avec lui…

Nous n’étions plus en sécurité ; c’était l’extrême limite. Savez-vous que par deux fois, j’ai été, moi-même, violemment agressée… »

Et elle en arrive à ses malheurs à elle.

L'histoire de *l'homme à la DS* ; mais cette fois, elle lui raconte tout, en détail, sans se censurer, y compris les termes orduriers qu'elle a épargnés la veille à son mari. Elle a besoin d'y revenir *entre femmes*, et de brandir cette preuve, la plus intime, afin qu'elle comprenne leur exil. Ce léger laisser-aller, rare chez elle, était à la mesure de la confiance qu'elle avait dans Toto à cet instant ; une femme de tête ; une guerrière, pas une courtisane, qui sait bien que les Français sont devenus fous ; et que, comme cet homme à la DS, ils veulent leurs têtes au bout d'une pique.

« Je lui avais dit dès 1964 ; il faut se retirer…

Sa candidature de 1965 était de trop.

À l'époque déjà, il allait sur ses soixante-quinze ans…

… S'il était parti en 1965, nous aurions été si bien à la Boisserie, à finir nos vies… Plutôt que de courir les routes et les frontières, comme des parias, des fuyards. Les pauvres vieillards que nous sommes tous…

Il faut savoir partir à temps. Il n'a pas su…

Voilà où nous en sommes… »

D'un geste vague, elle désigne autant son tailleur fripé que l'Ouest, Paris, sa révolution, et son nouvel état d'exilée. Un long et pénible silence s'ensuit, que Toto n'ose interrompre. La vieille dame est de nouveau rentrée en elle.

Au bout d'un moment, elle revient à la vie, et quittant son ton de soumission, s'exclame tout haut.

« Pourquoi s'obstiner… ?

Pourquoi s'accrocher…

Pourquoi a-t-il, toutes ces années, écouté les profiteurs qui vivaient au crochet de sa postérité ? »

Flohic lève le nez de son assiette, surpris, gêné par l'irrespect du propos de Madame tandis que Toto s'autorise une plaisanterie de *femme de militaire* :

« Et vous croyez, chère Madame, que Massu n'est pas fait sur le même moule… ? »

Madame de Gaulle aurait pu être offusquée ; elle approuve. Elle se laisse même aller à rire, pour la première fois.

À cet instant, elle n'est plus la même. Elle a chassé ce masque de deuil qu'elle arbore depuis la mort d'Anne, et qui fait oublier la jeune fille libre et rieuse des années 1920, qui jouait au tennis et faisait tourner la tête des jeunes gens bien nés de Calais et la région. Elle se sent mieux ; elle a trouvé une oreille attentive, presque une amie… Ils sont tous pareils en effet, les militaires ; de Gaulle un peu plus que les autres. Décidément, elle aime bien cette madame Massu.

Mise en confiance, et poussée par l'ambiance, elle souffle alors à l'oreille de Toto, comme s'il s'agissait d'un propos licencieux :

« Ne comprend-il pas que les Français ne veulent plus de lui… ? »

Flohic lui, est de plus en plus embarrassé de se trouver là, d'entendre ce qu'il entend tandis que les deux femmes rient, en douce. Suzanne Massu, se sentant en confiance, résume l'état d'esprit commun :

« Vous savez Madame, ce n'est pas à soixante-dix-huit ans qu'on recommence le 18 Juin… »

Et là encore, madame de Gaulle approuve, avec sur les lèvres un sourire de gratitude qui en dit long.

C'en est trop pour Flohic.

Il les a jusque-là écoutées déblatérer leurs histoires de femmes, leurs analyses à deux sous et même leurs conceptions en matière militaire ! Il a enduré, de plus, ce déballage sur le chef, ses matins sombres, ses nuits blanches, sa tension, son âge, ses artères, la rupture d'anévrisme qui menace comme tous les hommes de la famille à cet âge-là. Il a serré les dents, mangé dans son coin, cherché à se faire oublier, jusqu'à cette phrase. Mais de quel droit une femme, une civile, cette Toto, peut-elle parler ainsi du Général ? Il rappelle sa présence, en toussant ; jette un regard mauvais à Suzanne Massu ; marmonne à peine une excuse à l'attention de madame de Gaulle et quitte la table, rouge de colère.

## 24

## *« Il m'embrasse, et je suis le baisé… »*

*Au même moment, à l'hôtel de Matignon.*

Pompidou se laisse tomber sur un fauteuil :

« Alors Messieurs, il nous fout dans la merde, et cette fois complètement… Chaban a raison : il m'embrasse, et je suis le baisé… »

Avec ses deux plus proches conseillers, le Premier ministre ne surjoue plus au chef de guerre, ou au souffre-douleur. Il a besoin d'y voir clair dans ce chaos. Juillet, Jobert ; on ne peut imaginer hommes, et cerveaux, plus différents. Jobert, effacé, secret, l'air inquiétant d'un cardinal, comme les éminences grises sous tous les régimes ; avec une singularité dans sa froideur minérale, un fond d'accent venu du Maroc, où il a passé sa jeunesse ; et cette légère touche d'accent, le même que Camus, apportait une ironie à tout son être, surtout dans cette tempête.

Juillet, lui, c'est le feu. Un ancien résistant creusois, un bagarreur démodé, un nostalgique de la chevalerie qui lit Lucrèce et Cicéron dans le texte. Plus pompidolien que gaulliste ; sous son aspect de père tranquille et sa pipe à la Brassens, il est le plus intraitable des *amis de Georges.*

Jobert commence, clinique, cinglant comme toujours :

« Sitôt annoncé la fuite de De Gaulle, plus rien ne sera contrôlable, monsieur le Premier ministre, vous le savez…

Le choc sera tel que plus rien ne sera contrôlable par l'État…

Ni à Paris, ni en province.

La police, et peut-être même l'armée, risque de ne plus répondre. À aucune autorité, même plus la vôtre… »

Juillet approuve, à sa manière volcanique :

« Une chose est claire, Georges… Si le Général ne rentre pas demain… il pourrait y avoir un Comité de salut public, formé les armes à la main… qui viendra mettre en état d'arrestation le Premier ministre et les siens… »

L'image les laisse songeurs. Pompidou acquiesce avec sang-froid mais il le laisse poursuivre. *La fuite de De Gaulle* le projette, en effet, dans une tout autre histoire, inimaginable.

« Alors que faire… ? »

Jobert tente de faire baisser la pression :

« Surtout ne pas bouger ; gagner du temps ; éviter que l'information ne sorte. Ce n'est pour l'heure qu'un bruissement…

— Et vous Juillet, que proposez-vous ?

Juillet tire sur sa pipe, puis sur le ton de l'homme d'action, il s'oppose à son précédent rival :

— Si la situation devenait insurrectionnelle, et elle peut l'être dès ce soir, vous vous trouvez devant deux hypothèses : soit un départ immédiat pour la Suisse… C'est la meilleure destination, étant donné la neutralité du pays ; la plus discrète sur le plan logistique – pour partir comme pour revenir… Un avion du Glam est positionné sur l'aéroport de Villacoublay… Passagers non précisés ; destination inconnue ; équipage obéissant… Les autorités helvétiques ont été approchées. Tout est prêt pour que vous partiez avec votre famille… »

Pompidou semble gêné par la radicalité de l'hypothèse, surtout en présence de Jobert. Mais il prend acte, sans émoi, d'un mouvement du menton, avant de lancer :

« Et l'autre hypothèse ? »

Juillet cherche à se faire désirer ; déguste cet instant, sourire et pipe à la bouche avant de lâcher : « L'autre hypothèse, monsieur le Premier ministre, c'est de mordre sur la ligne jaune. »

Georges ne peut s'empêcher de sourire.

# 25

## *« Je me fous du qu'en-dira-t-on ! »*

Il avale son omelette, et se ressert du café. Cette collation vient à point ; c'est le moment que choisit Massu pour lancer sa contre-offensive. Il attaque cette fois en douceur, avec une bonhomie d'état-major.

« Mon Général, pour vous, et pour le pays, vous ne pouvez renoncer de la sorte… »

De Gaulle ne répond pas.

« Vous allez vous déconsidérer par ce départ… Ternir votre image. »

Il ne relève pas plus la tête. Il mange tel un enfant mal élevé, repousse ce qu'il n'aime pas dans un coin, y revient, s'amuse des pâtés dont il semble vouloir déchiffrer les formes.

Massu insiste, espère le piquer au vif, réveiller son orgueil, faire appel à l'Histoire.

« Mon Général, votre devoir n'est pas de partir. Mais, une fois de plus, d'agir…

Ne me dites pas que les lycéens, les étudiants, et même les communistes de la CGT, sont plus dangereux que le III^e^ Reich…

Vous avez affaire à quinze mille gus qu'il s'agit de mater… »

Il ne répond rien, lève les yeux, et pousse un soupir fataliste. Il s'en moque tandis que Massu s'épuise à trouver des arguments :

« À mains nues, vous avez pesé autant que l'Amérique de Roosevelt ou l'Angleterre de Churchill. Alors n'allez pas me faire croire que ces freluquets et ces adorateurs de vacances en Espagne vous font peur… »

Il ne réagit toujours pas. Il picore, et trempe ses lèvres dans le café chaud, qui semble l'intéresser davantage que les propos de Massu. Jusqu'à ce qu'exédé, il rugisse d'une voix trop aiguë :

« Vous me répétez toujours la même chose !

Mais comprenez, Massu… Je me fous du qu'en-dira-t-on… ! »

Après un long silence, il reprend plus bas, comme s'il avait conscience d'avoir été brutal :

« Vous pouvez croire, Massu, que j'ai tout imaginé, en prenant cette décision de partir. Y compris, je ne vous le cache pas, le procès qu'on me fera devant l'Histoire… »

Massu, oubliant ses résolutions combatives, se redresse. Il tend l'oreille, le vent de l'Histoire l'impressionne ; il n'y peut rien :

« J'y ai réfléchi ; j'ai pesé le pour et le contre. Je les entends d'ici les idiots : "Varennes. Lui aussi !"

De Gaulle a pris la tangente, n'est-ce pas, comme Louis XVI, c'est ce à quoi vous pensez… !

…

Il a détalé devant le peuple…

Dites-le, Massu. Osez, Massu ! »

Massu n'ose pas ; il est rentré en lui, dans sa casemate, effrayé par cette soudaine mitraille tandis que le vieil homme poursuit :

« Mais toutes les comparaisons du monde ne m'atteindront pas. De Gaulle emporte la France avec lui, l'idée de la France. Il laisse les Français, les prétendus Français, se débrouiller tout seuls.

— Mais enfin, mon Général, vous voyez le danger ! Tout ce qui a été fait en dix ans peut être défait en dix jours…

— Une fois de plus, vous vous racontez des histoires, Massu… Qu'y puis-je, moi, si les Français veulent se suicider…

Je leur ai proposé la Grandeur, et ils veulent le Grand Soir.

La liberté sans entraves, le détour par le bistrot…

C'est leur affaire.

(Un silence boudeur).

Quoi ? J'aurais donné ma vie, mon destin, pour ça !

Cette troupe d'invertébrés.

Je ne peux lutter contre la volonté de tout un peuple de se dissoudre.

Qu'est-ce que vous voulez, on aura fait ce que l'on a pu. »

Et sur un ton bas, il assène :

« Tiens… Depuis l'incident de madame de Gaulle, ils me sont devenus odieux. »

Massu a reçu les salves sans broncher, sans rien pouvoir répondre.

« Suffit de discuter Massu, ma décision est prise… tranche-t-il en se tirant de son fauteuil, revigoré. Et maintenant, allez prendre des nouvelles des Allemands… Si vous n'y arrivez pas, prévenez notre ambassadeur à Bonn, Seydoux. Faites-le venir, ce ne doit pas être très compliqué… »

Massu sort de la pièce, comme un plongeur en apnée, au bord de la rupture.

Il cherche Toto ; se dirige dans l'antichambre où ses officiers somnolent, tandis que Flohic téléphone un peu partout, à Strasbourg et dans les environs – pour un rapport que lui a demandé son patron. Il trouve enfin sa femme dans la salle à manger, en pleine discussion avec madame de Gaulle. Il fait de grands gestes, à l'insu de celle-ci, Toto accourt.

« Il est bloqué… Il est totalement écœuré… Rien à faire… Il veut tout plaquer… »

La situation est grave, mais Toto, elle, garde son calme :

« Pour ma part, je trouve bien qu'il se retire… Mais, si tu veux le convaincre du contraire, vas-y Massu…

— Il demande si tu as pu prévenir les Allemands ? Il insiste. Ou à défaut qu'on trouve notre ambassadeur à Bonn, pour donner à tout cela un caractère officiel… »

Toto réfléchit : « Eh bien, dis-lui qu'on est en train de les chercher… »

Massu s'étonne : « Et quoi ? »

Toto s'agace de devoir préciser : « Eh bien, Karpinski, on aura eu du mal à les trouver. C'est tout… Et gagne du temps… Nous ne pourrons plus cacher sa présence ici longtemps… »

## 26

## *Monnerville, « reine du jour »*

Le bureau du président du Sénat, ce temple silencieux, est devenu une ruche. Là attendent et discutent des parlementaires du Sud-Ouest, des chevelus, des leaders étudiants plus responsables que d'autres, deux syndicalistes, et un sondeur qui, cartons et graphiques à la main, est en train de leur démontrer que la relève est prête, que dix ans ça suffit, et que le président Monnerville est *statistiquement* le recours. L'antichambre est pleine ; et en dépit des coupures d'électricité dues aux grèves, les rendez-vous se succèdent ; Mitterrand, Billères le chef des radicaux, Duhamel le chef des centristes, Descamps l'influent patron de la CFDT ont défilé ; et, comme le temps presse, ce sont des sénateurs, des députés qui, maintenant par grappes, viennent apporter leur soutien au futur « sauveur de la République », et bien sûr proposer leurs services. Par un couloir et une porte dérobée dont le palais du Luxembourg a le secret, ce sont aussi des gaullistes qui viennent chercher refuge auprès de lui. Ils voudraient tous que le numéro deux de l'État s'exprime ; se déclare puisque *Le Monde* annonce que de Gaulle se retire à Colombey.

*La marmite parlementaire est en ébullition*, constate avec gourmandise le vieux sage guyanais, qui aurait dû être le dernier président de la IVe République, si René Coty ne lui avait pas été préféré, pour des questions de « couleur de peau ». « Grand-papa chez les enragés » – ainsi que le nomme la presse de droite parce qu'il a su trouver les mots pour parler à la jeunesse – n'a jamais accepté les méthodes *bonapartistes* du Général, ni la Ve République. Jusque-là, il regardait se fissurer le régime honni, sans déplaisir, mais avec un regard d'entomologiste. Son orgueil n'est-il pas d'être le premier des antigaullistes ? D'avoir prédit que cette République, née d'un putsch, finirait mal ? D'avoir été, avec « dignité dans l'agressivité », le dénonciateur intraitable des forfaitures du régime ? Il attend la bonne nouvelle depuis tant d'années ; ce n'est plus une chimère.

Mais au fond, il n'a jamais cru que l'événement – la chute de de Gaulle – se réaliserait. Être la vigie républicaine suffisait à son affaire. C'est pourquoi il avait été prudent jusque-là. Il avait résisté à la pression de son entourage, de tous ces radicaux, ces francs-maçons, ces républicains frustrés par la défaite de Lamartine contre Louis-Napoléon, qui le poussaient à sortir de sa réserve.

Aujourd'hui, il devait aller chez son éditeur envoyer les services de presse de son dernier livre. Cette biographie de Clemenceau, sur laquelle il travaille depuis des années, ce monument dédié à son maître ; celui qui avait toujours été pour lui l'anti-de Gaulle ; mais quand le report du Conseil des ministres a été annoncé, il a bien été obligé de bousculer son agenda, et de revenir au Sénat.

Il ne l'a pas cherché, mais tous les jours, toutes les heures, l'actualité vient le servir. Depuis des semaines qu'on le harcèle, il a refusé d'y penser. Ce matin encore, il déclarait à ses soutiens, ses nouveaux amis : « Mais ce n'est qu'une hypothèse, je ne pense pas du tout que de Gaulle soit définitivement parti ; il aime trop le pouvoir pour l'abandonner devant une émeute. »

À présent cette une du *Monde*, ces rumeurs, cette disparition, les heures passent, et toujours pas de démenti. Il faut se préparer à tout.

Demain, ce soir peut-être, il pourrait devenir président de la République, par intérim, comme le prévoit cette funeste Constitution qu'il a combattue. Le successeur de De Gaulle. Un comble.

Mais il se méfie. Il connaît trop les gaullistes, ils savent faire… Il les vus à l'œuvre ; pilonner la IVe République, comploter avec les anciens de Vichy, assassiner sans états d'âme en Algérie ; tuer au bazooka des militaires français ; prendre le pouvoir en mai 1958 grâce à cette opération Résurrection où se tissaient treize complots… Comment leur faire confiance ? Ils ne me laisseront pas arriver à l'Élysée, ne serait-ce que pour quelques semaines. Ils sont capables de tout. Tout. Organiser un accident mortel ; m'empoisonner, me jeter dans un cachot.

La perspective du combat avec l'ennemi politique héréditaire l'inquiète et le stimule à la fois. Il se souvient d'Hugo contre Napoléon le Petit. Il imagine toutes les combinaisons républicaines ; doute ; hésite ; se demande ce qu'aurait fait son maître Clemenceau dans une telle situation... Il ne veut pas d'une défaite de plus, devant ces gens-là. Il en a assez bavé, la République aussi. Il finit par se dire qu'après tout, lui aussi a peut-être un destin. Une œuvre républicaine à parachever.

Il ne restera pas inerte, c'est entendu ; mais ne veut commettre aucune erreur tactique. *Sortir du bois* trop tôt serait maladroit et indécent. Mais ne rien faire, être en retard sur l'événement, pourrait donner des ailes aux gaullistes... Car sitôt la nouvelle du départ officielle, tout sera possible... *Et Pompidou, qu'en faire ?* À condition qu'on le laisse parvenir jusqu'à l'Élysée...

Il attend Pierre Mendès France qui arrive, et va l'aider, peut-être, à résoudre le casse-tête de son destin.

Ce sera le Premier ministre idéal.

Depuis quatorze ans, PMF espère retourner au pouvoir pour bâtir sa *République moderne*, voilà l'occasion. D'autant qu'il n'y en a que pour lui. Il est le « recours » ; il est « celui qu'on n'attendait plus »... C'est ce que Giscard déclarait ce matin au Palais-Bourbon. C'est ce qu'ils disent tous, du PSU au *Figaro* ; les jeunes, les vieux, la droite provinciale, la gauche chrétienne ; et à l'instant, Alfred Fabre-Luce, qui signe dans *Le Monde*. « Mendès à l'Élysée », réclame l'ancien pétainiste des beaux quartiers qui assène : « Une grandeur finit ; une autre doit commencer. »

Au téléphone, Mendès lui a confirmé que Matignon lui suffirait pour agir ; d'autant que selon celui-ci qui fut son ministre à la Libération, le retrait définitif du Général est probable. La situation ressemble à celle qui provoqua son spectaculaire départ de janvier 1946. En pire…

## 27

## *« Je pense à l'Irlande »*

Les feux du soleil de mai inondent la pièce ; une douce odeur de café flotte dans l'air. Il est bercé par l'ambiance bucolique de cet après-midi de province. Dans la pièce d'à côté, on s'affaire ; les heureux vaquent et bavardent ; la charpente en bois fait résonner leurs chuchotements et leurs pas ; il envie leur insouciance. Le retour martial de Massu le fait sursauter. Il n'a d'autre réflexe pour retrouver une contenance que de regarder sa montre, et lâche cette phrase de vaincu :

« … À l'heure qu'il est, les communistes défilent dans Paris… »

Puis il se rallonge, avant de se gendarmer :

« À propos, avez-vous eu le gouvernement allemand ? »

Massu, qui ne sait pas mentir, grommelle, tandis que le Général trouve le ton du touriste pour lui en dire plus sur ses projets :

« Oh, l'Allemagne, ce sera le temps de se retourner… Quelques jours… Ensuite… »

Il laisse sa phrase en suspens, un éclair de jeunesse passe dans son regard et dans sa voix :

« Ensuite, ce sera… l'Irlande… »

Massu encaisse, et se décompose. L'Irlande ! Il ne manquait plus que cela. Il avait donc un plan, une position de repli. L'Irlande, pas l'Allemagne ou quelque folie mystérieuse née de son cerveau. Le para tente de se contenir ; Toto le lui dit assez… Il s'interdit tout geste, tout mouvement, toute expression dangereuse, alors que l'autre est en train de s'évader par la pensée… Mais au bout d'un moment, la moutarde patriotique lui monte au nez :

« Mais mon Général, vous êtes la France !

Imagine-t-on Jeanne d'Arc se réfugier chez les Anglais !!!

— Je vous en prie, des Irlandais, pas des Anglais…

Et puis ce sont mes ancêtres Massu… ! C'est un instinct qui m'y pousse… Vous savez, on retourne toujours à ses sources… »

Le vieux chef français se lance alors dans la généalogie de la branche irlandaise de sa famille, devant son grognard en état de choc. Trompé, au fond de son cœur simple et patriote, par la révélation de cette double allégeance insoupçonnée.

« Vous savez, ce n'est pas très loin, mes ancêtres irlandais… Ma grand-mère maternelle descend directement du clan des Mac Cartan, originaire du comté de Down, l'Irlande du Nord.

Nous descendons, par cette branche, d'un certain Anthony Mac Cartan, un Irlandais un peu fou qui, comme beaucoup d'autres, se met au service de Louis XV. En 1736, il épouse une demoiselle Coëtlogon… »

Il rêve tout haut, raconte la vieille amitié de la France avec l'Irlande, « toujours liés contre l'ennemi anglais » ; l'histoire de la baie de Kenmare où, au XVIIe siècle, les marins français venaient trouver protection contre la redoutable traque de la Navy ; les pillages anglais ; la vieille souffrance celte ; la résistance de ce vieux pays catholique, ses églises de granit… Cela ne réconforte guère ce pauvre Massu, terrorisé maintenant à l'idée (puisqu'elle devient sérieuse) de se trouver complice de cette fuite en Irlande.

« Eh bien, je vais aller les retrouver mes ancêtres Mac Cartan ; cela fait longtemps que je caresse ce projet. Je vais enfin pouvoir le mettre à exécution… Une fois en Irlande, j'aurai enfin le loisir d'aller visiter la maison d'O'Connell, à Derrynane. Vous connaissez O'Connell ? »

Tout à son récit, il n'attend pas la réponse de Massu, peu familier de la douloureuse histoire de l'Indépendance irlandaise.

« Pour Balzac, et pour moi aussi, Daniel O'Connell, c'est aussi grand que Napoléon. C'est le libérateur de l'Irlande au XIXe, et plus encore. Un héros de roman !

Il n'a pas toujours été populaire, mais il a forgé la nation catholique d'Irlande. Imaginez qu'élu au Parlement de Londres, il a refusé de prêter serment au roi, et provoqué une telle crise qu'il a fait plier le royaume britannique, sur l'émancipation des catholiques notamment.

Quel personnage ! C'était un révolutionnaire. Un nationaliste non-violent. On l'appelait "the Liberator", et tous les autres viennent de là. »

Une pause. « Si j'osais, et j'ose, je dirais que c'est un peu leur de Gaulle… »

Massu, sans s'en douter et mieux que cent biographes, était tombé sur une clé, qui ouvrait sur un pan de sa vie, ignoré et décisif. À huit ans, Charles avait trouvé, dans la bibliothèque familiale, une biographie de Daniel O'Connell écrite en 1851 par sa grand-mère, si prolifique : *Le libérateur de l'Irlande, ou la vie de Daniel O'Connell.*

Il avait été emporté par la vie de ce héros, comme on l'est à cet âge ; et soixante-dix ans plus tard, il continuait à en parler avec la même jeune ardeur. La vie d'O'Connell n'avait pas été seulement une illumination d'enfance ; elle avait été fondatrice. L'idée de nation, fondée sur la foi et le droit ; ce nationalisme différent, fervent mais à mains nues ; cette science des rapports de force qu'il avait appliquée plus tard avec les Anglais et les Américains, qui, durant la guerre, voulaient le sortir du jeu ; tout cela trouvait sa source chez l'Irlandais. La fascination du petit Lillois avait façonné une vie. Ce destin, croisé dans l'enfance, non seulement l'avait inspiré, mais il en avait fait un modèle intime dont il avait, plus qu'on ne l'imagine, reproduit les gestes à tous les grands carrefours de sa vie.

« Vous savez, je n'ai rien inventé. L'histoire de l'Irlande, ce n'est qu'un long 18 Juin… »

Il reprend sa rêverie, une rêverie si concrète qu'elle déroute plus encore Massu,

« J'ai une idée de l'endroit où je voudrais vivre… Dans la baie de Kenmare… La mer grise ; les églises de granit ;

les falaises sur la lande et la mer ; et ce village minuscule où, grâce au Gulf Stream, on cultive des azalées et des rhododendrons… Et là, j'aurai une haute ambition… »

Il laisse la phrase en suspens, pour attirer l'attention de Massu perdu dans ces landes inconnues…

« Je tenterai d'être bibliothécaire, c'est le plus beau des métiers…

Oh non, pas une grande bibliothèque ; non, un poste de petit bibliothécaire. Ah quelle belle vie… ! On est là, on lit tout ce qu'on veut avec une très grande tranquillité, puis sur le tard, on est pris de frénésie, on pond une biographie de 80 pages : "Madame de Sévigné est-elle passée par Pontivy ?" Et alors on embête tout le monde, on se dispute avec le chanoine qui prétend que non…

Eh bien, croyez-moi, c'est la plus belle des vies. »

Il s'est réanimé ; inventé un futur, imaginé un bonheur. Il a trouvé son éden. Il en est si convaincu que Massu, acculé, ne sait que répondre, ne trouve plus de prises, plus d'espoir de le ramener à la raison, et craint même, petit à petit, de se laisser emporter dans le tourbillon de pensées du vieil homme. Il lui faut déployer un effort immense pour sortir de cet état, *et tenter de lui remettre les idées en place* :

« L'Irlande, mon général, l'Irlande, vous n'y pensez pas… »

Et l'autre avec le ton du touriste d'avant guerre :

« Vous savez, je me suis renseigné concernant notre installation…

Ce n'est pas un pays d'argent ; c'est un vieux pays catholique ; on y vit de peu… »

## 28

## *Drôles de retrouvailles*

On entend le vrombissement d'un hélicoptère. Il s'interrompt, et d'un geste désignant l'appareil qui se pose devant la résidence, et d'où par la meurtrière on peut voir descendre quelques adultes, et une ribambelle d'enfants, s'excuse :

« J'ai demandé à Philippe, mon fils, et à sa famille de me rejoindre… Afin de les mettre à l'abri, vous comprenez. »

Il y a dans ce *vous comprenez*, dans cette humiliation qui ne se cache plus, la même petite musique de misère qui continue de démolir Massu. Où cela va-t-il s'arrêter ? Car ce n'est plus seulement une étape ; la recherche d'un refuge, mais un exode familial. Le para opine – que peut-il faire d'autre ? – et rassure. Toto, enfin Suzanne, va prendre en main toute cette petite famille ; on les mettra dans la dépendance, *ils seront bien.*

Lorsque Philippe de Gaulle, accompagné du général Lalande, entre dans le bureau de Massu, ils ont tous deux un mouvement de recul. C'est une scène de quiproquo, plus que de retrouvailles. Lalande a cru à la tournée d'inspection des armées de l'Est, qui lui a été confiée le matin même ; et Philippe a vraiment été convaincu par son père quand il lui conseillait cette cure à Baden « pour sa santé ».

Et lui, le grand ordonnateur, au milieu de tout cela, est bien penaud.

À Lalande, il bafouille une explication vaseuse, et demande – sans y croire – des nouvelles de la tournée d'inspection.

Puis, en forçant sa bonne humeur, il se tourne vers son fils, et le prend à témoin :

« Tu tombes bien, vieux garçon… Je parlais au général Massu de ma retraite… Il faut bien… Depuis le temps que tu me mets en garde… »

Philippe ne sourit pas, ne répond rien, et le père n'insiste pas. Il aurait tant à dire son *vieux garçon*. Il est le seul à avoir osé. Ce départ, voilà des mois qu'il lui en parle, sans détours et sans fard ; et que son père esquive, en lui répétant chaque fois : « Ne me décourage pas, je t'en prie. » Pas plus tard que la veille au soir, il avait traversé Paris, comme un espion de cinéma, pour le prévenir que ce n'était plus tenable. Il l'avait traité en gamin, une fois encore. Pire, il lui avait menti. « Puisqu'on ne veut pas de toi à Contrexéville pour soigner tes colites, pourquoi ne te rendrais-tu pas à Baden-Baden, chez Massu, à la 1re armée ? C'est une ville d'eaux où l'on ne t'embêtera pas. » C'était bien trouvé l'histoire de la cure à Baden…

Après ces glaçantes retrouvailles, Philippe tourne les talons. Le général Lalande lui emboîte le pas ; mais le vieux Général le retient. Il lui annonce qu'il a une lettre à lui remettre. En mains propres. À Monsieur Pompidou. Cela n'échappe à personne ; aiguise l'attention de Massu ; les sort de leur torpeur.

Philippe, lui, est impatient de revoir sa mère, de nourrir sa troupe d'affamés, et de soigner ces coliques néphrétiques qui le torturent et sont la cause de ce projet de cure. Aussi, quand il trouve sa mère en train de finir son repas froid en compagnie de madame Massu, il est heureux de se poser avec sa famille ; surtout son petit dernier de cinq ans, si malade. Les enfants embrassent cérémonieusement leur grand-mère, et toute la petite famille se met à table.

Mais là, une gêne s'installe.

Ils ont faim, et il n'y a plus rien à manger. Le maître d'hôtel confirme que le frigidaire de la résidence est vide. Toto blêmit, insiste sans y croire. L'économat est fermé.

La maîtresse de maison sent la pression ; les petits qui réclament et s'agitent, Philippe qui insiste. Elle est confuse, mais comme elle ne peut être sur tous les fronts, et qu'elle redoute de perdre le contact naissant avec madame de Gaulle, elle quitte ses bonnes manières. Prend le ton du commandement. Ordonne au gradé qui les accompagne de les nourrir chez lui, et sans tarder. De les loger aussi… Elle s'en débarrasse. Et la famille nombreuse, chargée de bagages, s'en va vers cet exil dans l'exil, et l'espoir d'un repas. Ballotté, négligé, humilié, Philippe cette fois ne cache pas sa mauvaise humeur. Il peste, mais sa mère, qui a repris sa conversation avec Toto, n'y prête pas attention.

## 29

## *Matignon, la « ligne jaune » et l'émissaire*

*Au même moment, à l'hôtel de Matignon.*

« Mordre la ligne jaune, c'est tenir – le temps que ça se calme... Tenir la rue, les transports, les infrastructures énergétiques et stratégiques, les centraux téléphoniques, les radios et la télé... Les institutions, c'était bien beau, par temps clément, mais quand il faut sauver l'essentiel, à quoi faire l'exégèse de la Constitution, fût-elle gaulliste... ! »

*Georges* écoute Juillet défendre la *ligne jaune*, devant un Jobert silencieux et sceptique qui – c'est clair – n'aime pas ces manières rugueuses. Il intervient en douceur ; objecte les risques politiques et surtout institutionnels (Monnerville), le terrain mouvant à cause des communistes, les dangers de sortir de la légalité ; mais son rival continue de dire sa manière de voir, de faire, virile, nette, gaulliste à l'ancienne, et cela a l'air de plaire au Premier ministre :

« Vous le savez, si Monnerville devient président par intérim, son objectif sera de vous mettre dehors, de détruire la Ve, et de revenir à la IVe, avant ou après avoir été balayé par un coup de force communiste… L'esprit même de la Constitution, la volonté du Vieux, c'est qu'elle se survive ; et que le PM assure l'intérim, un point c'est tout – il voulait d'ailleurs changer le texte sur ce point, vous le savez. »

Pompidou opine, c'est vrai ; le projet, en cours de rédaction dans le cadre du référendum, allait dans ce sens. L'intérim irait à Matignon, et non plus au Sénat. C'était bien la volonté du Général.

Juillet poursuit :

« Vous voyez… Nous sommes couverts… L'insurrection générale doit être notre principal souci… Elle va déferler ce soir, demain… Il faut s'y préparer. La police est fatiguée ; l'armée est mobilisée autour de Paris, les chars ont été avancés à Issy-les-Moulineaux. Mais il n'en va pas de même en province. Il faut s'y renforcer par des éléments civils. Nous devons nous appuyer sur une force de l'ordre mixte, le temps de calmer la rue. Frey, Foccart, et le petit Chirac, vous ont expliqué… Nous avons quinze mille ou vingt mille hommes en province. Des bases solides à Marseille, dans toutes les grandes métropoles. Les SAC et les CDR, sans parler des anciens de l'Algérie française. Et ils piaffent d'en découdre. »

Le téléphone les fait sursauter.

C'est Boissieu, le gendre du Général. Il veut parler au téléphone à Foccart, qui, heureusement, se trouve encore à Matignon, et qu'on fait chercher.

« Jacques, je suis à Colombey… Je ne peux pas vous en dire plus…

— … Mais… Mais, êtes-vous avec le Général ? Est-il arrivé ? »

Pompidou prend d'autorité l'écouteur. Le groupe s'agglutine, autour du combiné.

« Le Général n'est pas là, mais je vous appelle pour vous dire de ne pas vous inquiéter…

— Mais Alain, soyez plus clair, je vous en conjure !

— De Gaulle m'a dit qu'il ne savait pas quand il reviendrait… »

Boissieu s'interrompt, apparemment ému.

Foccart le relance :

« Mais que veut-il dire par "il ne sait pas quand il reviendrait" ? »

Le silence dure ; autour du téléphone, les corps s'entrechoquent ; les gorges se grattent ; la République est en danger, et eux d'abord. La révolution est à leur porte ; les communistes dans Paris ; ils ont besoin de faits, de dates, de certitudes.

Foccart s'impatiente lui aussi, malgré sa courtoisie avec « l'entourage » du Général.

« Mais que voulait-il dire, Alain ? Je vous en supplie : précisez !

— Il a dit cela… sur une espèce de ton… »

Un silence, on devine un embarras au bout du fil… « Un ton qui avait l'air de signifier… qu'il ne savait pas s'il reviendrait. »

Un autre silence, puis le gendre, comme pressé de raccrocher, lance d'un trait impératif, comme on avoue, ou on se débarrasse : « Dites à Pompidou que c'est à lui de jouer maintenant... De toute manière, un émissaire va venir vous apporter un pli. »

Un émissaire...

Une fois Foccart parti, ils restent tous les trois sonnés. Ils sont trop affûtés, ont lu Saint-Simon, connaissent les fins de règne, les complots et les régences. Ils ont vécu les mêmes coulisses, collé de Gaulle de si près. Ils se comprennent à demi-mot.

Faut-il croire Boissieu ? Est-il mandaté ? Fiable ? Ou exalté ? Est-il manipulé, avec le Vieux sait-on jamais ?

Et ce mystérieux émissaire, qu'il annonce, où est-il ?

Et quel peut bien être ce message ?

Comment imaginer autre chose que ce « soutien tardif » ? Un remords de dernière minute de la part du Vieux ?

Avec l'appel de Boissieu la donne a changé.

Un émissaire est en route. Le passage de relais est là ; cela ne fait plus de doutes... La légitimité du Premier ministre balayera l'hypothèse Monnerville, lui redonnera la main face à l'armée, à la police, à ce qu'il reste d'État. Juillet, qui sait la prudence, les scrupules, mais aussi la tentation de *Georges* se veut rassurant :

« Mordre sur la ligne jaune, ce serait... non pas refuser, mais contrôler le cours institutionnel. Quelques jours seulement... Le temps d'éviter l'insurrection générale, de cadrer le dangereux monsieur Monnerville, et d'organiser les présidentielles. »

Pompidou se tait ; tire sur sa gitane ; en rallume une autre ; évalue, jauge, imagine…

S'il *mord sur la ligne jaune*, il joue son va-tout, et son destin. Il n'aura plus le bouclier des institutions, plus de légitimité institutionnelle ; ce sera le saut dans l'inconnu. Mais il n'est ni Jeanne d'Arc, ni le Général qui lui, avec sa légende du 18 Juin, peut tout se permettre. S'il se loupe, si les hommes ou si l'armée et les forces de l'ordre ne suivent pas, il finira en putschiste…

En revanche, s'il n'ose pas, il sera prisonnier du *dangereux monsieur Monnerville* et des communistes, à coup sûr. L'émeute viendra le chercher à Matignon, et ce sera pire. La honte, le bagne politique, la mort, qui sait. Tout cela pour n'avoir pas su tenir – le temps que l'émissaire arrive – devant l'émeute ; pas combattu, avec assez d'énergie, les ennemis de la République ; pas défendu jusqu'au bout les institutions, contre ces factieux qui veulent tous en finir avec la Ve République…

Juillet n'a pas tort. Comment peut-on respecter la lettre de la Constitution, alors que précisément ils veulent la détruire ? Car c'est le projet de Monnerville et des communistes, qui finiront bien par le dévorer, lui et les modérés, comme ça s'est toujours passé à l'Est. Se résigner à céder le pouvoir à Monnerville, aux communistes et donc à la rue, ce serait finir dans les poubelles de l'Histoire, comme Paul Reynaud ou Pfimlin.

À cette idée de sa mort physique ou politique, Pompidou se redresse, se ressert un verre. Une bouffée d'orgueil le fouette, et aussi une soudaine affection pour cette Constitution dont il se dit qu'il n'a pas assez apprécié la beauté et les vertus. Jobert et Juillet observent cette tempête sous un crâne.

Au bout d'un moment, Pompidou finit par lâcher dans un halo de fumée :

« Peut-être la France mérite-t-elle qu'on morde sur la ligne jaune… Quelques jours seulement. La V^e^ vaut bien cette messe… Préparons-nous à tout, Messieurs. »

*Georges* fera une déclaration au pays ; les autres acquiescent. On réfléchit un instant, va pour 17 heures.

# 30

## *« Agir, mon Général »*

Il feuillette les *Dernières Nouvelles d'Alsace*, posées sur la table, du bout des doigts, lèvres pincées, moue blasée ; plus encore lorsqu'il tombe sur le compte-rendu de la manifestation de la CGT locale de la veille. Il survole l'article, détaille les photographies, déchiffre les slogans, soupèse la menace. À Strasbourg aussi, comme à Paris, les communistes tiennent le pavé… Massu, par-dessus son épaule, s'inquiète de l'effet du papier sur le moral de son invité, au moment où celui-ci semblait revenir à la vie, à la raison. Il se saisit du journal et lui montre un autre article, important lui aussi, avec des photos, des drapeaux français, des slogans, et beaucoup de gens : la manifestation de soutien au Général des anciens combattants, au monument aux morts de Strasbourg.

« Vous voyez, mon Général, il n'y a pas que la CGT. Notre manifestation a réuni un monde fou, avec la présence du préfet, du général gouverneur militaire de Strasbourg, et de tas d'anciens compagnons. On y a chanté une *Marseillaise* vibrante, mon Général. »

Il s'amuse du bagout de son soldat, il aimerait le croire. Il l'écoute comme on s'ennuie, mais lorsque Flohic fait son entrée dans la pièce, il retrouve celui-ci avec une chaleur inédite, comme s'il s'était lassé de Massu. Il est stimulé par cette autre oreille, ce témoin porteur de nouvelles fraîches, celles qu'il lui avait demandées à la volée en arrivant.

« Alors que peut-on faire… Flohic ? »

Flohic, dont le métier est fait d'ombre et de silence, est surpris devant tant de sollicitude, surtout après l'humiliant déjeuner. Il reprend son souffle, et sentant qu'il a là une occasion unique de contrarier l'influence de *l'entourage* du Général, il fait claquer dans un garde-à-vous théâtral :

« Agir, mon Général. »

Le vieil homme relève la tête, et observe, amusé, cet audacieux, comme s'il le découvrait : « Agir ! Mais par exemple ? »

L'aide de camp tient à la main une note, les informations demandées, tel un trophée. L'ardeur est là. La ferveur de l'aide de camp est comme une oasis pour lui ; il l'autorise à poursuivre :

« Je dispose ici d'informations, de la part d'amis sûrs. Ceux que j'ai pu sonder à votre demande mon Général… J'ai pu croiser ces informations avec celles du général Lalande. En voici la synthèse. »

Massu, à qui devraient revenir de telles prérogatives, lance un œil noir à Flohic qui hésite, puis se lance :

« … Ils confirment leur soutien et estiment tous que c'est militairement possible, mon Général. Le général Beauvallet à Metz, commandant de la 6e région militaire ; le général Hublot à Nancy, commandant le 1er corps d'armée… » Et pour finir, Flohic se tourne vers Massu, qui acquiesce lui aussi, bien obligé, un peu dépassé.

L'aide de camp déroule ainsi l'état des lieux militaires des armées de l'Est, « dans l'éventualité d'une action militaire en France ».

Le Général est impressionné par le rapport, l'état des forces, la solidité – supposée – du dispositif. Il apprécie la situation ; note que Metz et Nancy tiennent bon, à part le général Buis ; opine à l'idée d'écarter les appelés, trop sensibles, peu fiables. Bref, il semble approuver l'ensemble du tableau militaire, tandis que Massu tousse, lève les yeux au ciel, cherche à interrompre ce sous-fifre, ce traître de marin qui est en train d'accrocher l'intérêt du chef. Flohic s'en rend compte ; cela le désinhibe ; et il s'enflamme, comme s'il répondait enfin à madame Massu, et à tous les « défaitistes » du pays :

« La France dans son ensemble est pour son président… Il faut la remettre au travail, en reprenant les usines une par une… »

L'audace du jeune marin agit comme une piqûre d'orgueil sur le vieux Général. Il se saisit de la note, sort ses grosses lunettes, la lit avec attention. Flohic, aux aguets, commence à y croire. Massu, dépassé, jette un œil noir sur cette foutue note et, bien obligé, approuve de la tête là, désapprouve ici, se manifeste comme il peut.

La ferveur du jeune aide de camp l'a bousculé dans ses certitudes. Ici donc, loin de *la chaudière*, loin de Paris, les commandes répondent. La Machine-armée, à laquelle ses ministres et les états-majors parisiens s'étaient refusés à faire appel, fonctionne. Les soldats de la nation ne font pas grève. Ici, on ne connaît pas les états d'âme, la tempérance de monsieur Pompidou, leurs foutaises de pleutres. Ici *tout n'est pas fini, tout ne fout pas le camp*. Les armées de l'Est restent fidèles... Beauvallet, Hublot, et même cette tête de mule de Massu, tiennent bon ; ils emmèneront leurs hommes sans broncher ; et leurs colonels, leurs capitaines aussi suivront... Le vieux Général constate que les militaires n'étaient pas rancuniers. Il les avait pourtant maltraités. Il avait méprisé leur intelligence dès l'École de guerre, les avait épurés à la Libération, embastillés après l'Algérie... Et voilà que dans ce chaos, il trouve le dernier rempart chez ses frères d'armes mal-aimés.

La servante apporte du café chaud ; et cela l'enchante. Il y trouve une force, des sensations anciennes, l'âpreté de l'action. Il se plante devant la fenêtre, ce panorama dont il ne se lasse pas... Et sans se retourner, il lance d'un air nouveau, et disponible :

« Je pourrais aller à Strasbourg bien sûr...

Mais quel serait l'accueil ? »

Massu ne répond pas. Il grommelle son embarras ; qu'importe.

Il continue à fixer Strasbourg, la cathédrale et sa flèche. Il se souvient de chacun de ses voyages dans l'autre capitale de la France. En 1947, pour les deux ans de la libération de la ville, alors qu'il venait de créer le RPF. En 1950, où il lance la réconciliation franco-allemande, en en appelant (il s'en souvient) à Leibniz et à Goethe. Et pas plus tard qu'en 1964… À chaque fois, devant le balcon de l'Hôtel de Ville, les mêmes foules immenses, aimantes là plus qu'ailleurs. Il se rappelle, il en frémit, cette passion strasbourgeoise particulière, cette ferveur qu'on ne connaît que dans ces frontières de l'Histoire. Il rêve un instant de ce pouvoir, presque magique, qui savait allumer, soulever, emporter ces foules. Ces émotions passées pourraient-elles jamais renaître ?

Il se retourne enfin, et comme s'il demandait à être convaincu :

« Je pourrais peut-être me rendre à la Préfecture ? »

Massu retrouve sa position de para.

« Certainement, mon Général… Avec un bon pilote, dans la cour voisine du palais du gouverneur militaire, on peut poser une Alouette, mais un seul hélico à la fois. »

Le vieux chef accueille l'information avec intérêt, évalue la scène ; avant que Massu ne complète, inquiet à l'idée que son hôte ne lui échappe :

« Mais je pourrais aussi vous conduire, moi-même, en voiture à Strasbourg, qui est tout proche. »

## 31

### *Foccart mobilise*

Foccart ne traîne pas à Matignon, trop de parasites, trop de parlementaires dans les couloirs ; des *décomposés biologiques* partout... Il a mieux à faire au siège du SAC, où là au moins, on va appliquer, à la lettre, et *sans états d'âme*, les nouvelles directives de Pompidou. *Tenir la rue, par tous les moyens, y compris cette force mixte qui doit se lever, sans délai...*

Enfin ! Depuis deux semaines, il suppliait Pompidou. Il avait son plan de résistance, ses hommes, son armée et ses coups. Comme cette idée (jouable) de reprendre l'Odéon par les armes ; ou, avec les officiers réunis par Robert Galley (le gendre du général Leclerc !), de reconquérir le boulevard Saint-Michel, à condition qu'on leur fournisse « quelques caisses de grenade ». Mais le Premier ministre refusait obstinément d'employer *les grands moyens* ; le Général lui-même en avait été contrarié.

Et voilà qu'on l'appelle au secours, lui, Foccart, comme toujours quand il est trop tard. Il a le feu vert maintenant. Il a moins de deux heures pour lancer la machine...

En arrivant rue de Solférino, au siège du glorieux RPF devenu celui du SAC (et de son nouvel appendice créé dans l'urgence de la crise, les Comités de défense de la République), il est frappé d'y trouver une ambiance d'état de siège. Le service d'ordre extérieur est nerveux, nouveau, plus important que d'ordinaire – *on a pris des précautions*, lui glisse un cadre apeuré et onctueux, accouru l'accueillir. Les locaux du SAC avaient été pris d'assaut, dans la nuit du 22 mai, par des commandos gauchistes puissants, déterminés ; et le patron n'avait pas eu le temps de venir voir ses compagnons au siège. Une odeur de fumée âcre, froide, stagnante le saisit à la gorge ; des stigmates de l'incendie noircissent l'entrée, la petite cour, et la loge du concierge, le brave monsieur Colinot, qui, avec un extincteur de fortune, avait empêché l'embrasement de tout l'immeuble. Aux fenêtres pendent des lambeaux de rideaux carbonisés qu'on n'a pas eu le temps de changer ; au sol des bouteilles fracassées, des carcasses d'extincteur. Un spectacle de désolation. Un miracle qu'il n'y ait pas eu de compagnons morts.

Dans les étages et les bureaux bondés, c'est pire. Un camp assiégé, un Diên Biên Phu du bitume où, derrière les persiennes fermées, se croisent, s'ennuient, se préparent une trentaine d'hommes, avec nunchakus et armes de poing. Une troupe de gros bras de toutes les générations : des quinquagénaires boursouflés dans leurs uniformes de la 2$^{e}$ DB, ressortis des placards ; des petits macs de chez Jo Attia ; d'autres du clan Zemmour ; des indics de vingt ans et des grands voyous de soixante, disposant tous du sésame devant lequel toutes les polices officielles s'inclinent : la fameuse carte tricolore du Service d'action civique… Depuis la nouvelle du « départ à Colombey » publiée par *Le Monde*, les dernières énergies – plus ou moins gaullistes – se sont retrouvées là, au premier appel, dans cette pétaudière. Prêtes à l'action.

Foccart bondit au troisième étage, où se trouve son bureau. Plus de standardiste. Plus de secrétaire… Le secrétaire général adjoint de l'Élysée se met lui-même au standard. Il sait s'en servir à merveille. Il le prouve, hautement et avec bonne humeur, aux quelques militants alentour, dont il tente de réveiller l'ardeur. Sa grande fierté, et le grand succès du SAC, c'est ce central téléphonique, moderne, performant, qui permet de mobiliser toute une chaîne militarisée qui va permettre de lever, en plus du noyau armé de cinq mille hommes, une bonne trentaine de mille. Son armée de l'intérieur à lui, son offrande contre la subversion. Comme en 1940… Dans la pièce voisine, Pierre Lefranc fait aussi de la retape. Il appelle les cadres régionaux des CDR les notables – pas les barbouzes, qui restent le domaine réservé de Foccart et Frey.

Foccart a disposé devant lui deux listes : celle des indépendants et celle des délégués régionaux du SAC. La première rassemble les poids lourds. Il confirme à Robert Galley la mobilisation de son groupe. Il réquisitionne des officiers déjà prêts avec leur groupe, ainsi que les anciens du Rhin et Danube et de la 2e DB. Puis il passe au SAC.

Il appelle, un à un, les délégués régionaux : les *compagnons* de Nice, de Maubeuge, de Lille, de Bastia, de Lyon, de Grenoble plusieurs fois, de Marseille, car là-bas, les choses sont compliquées. Les pieds-noirs l'ont emporté sur les notables, et ils ne sont pas des tendres, le prévient-on.

Il vérifie si toutes les caches d'armes ont pu être localisées ; s'inquiète de celles que ces idiots n'ont pas pu retrouver ; note les nombres de cadres armés par zone, et les rapporte sur un tableau. Foccart enchaîne ainsi les responsables régionaux. Pour chacun une partition. Tantôt il est ferme et courtois ; tantôt il rudoie ; mais toujours, en meneur d'hommes, il adresse à chacun le mot qui réchauffe les cœurs. Il est le chef, et galvanise sa petite armée, division par division. Aussitôt le tocsin sonné et le contact rétabli avec chaque responsable, il le transfère, pour les modalités pratiques, essence, armes, argent, au jeune Pasqua qui, ces derniers jours, se révèle indispensable.

Entre deux appels, il rend des services à ses *compagnons* ; intervient auprès d'un chef de la police, et de la DST, pour venir en appui d'une opération, ou libérer des compagnons, condamnés de droit commun emprisonnés, et dont on a besoin.

Une fois son tour de France bouclé, ses forces l'abandonnent, il perd le fil de ses appels… Il réalise qu'il n'a pas dormi depuis trois jours, et pour tenir le coup, reprend un Maxiton : ces pilules magiques qui redonnent de la force et dont on fait grande consommation rue de Solférino.

C'est qu'il faut s'occuper de la manifestation du lendemain.

Cette histoire, dans laquelle il s'est lancé pour soutenir de Gaulle, il ne sait plus très bien qu'en faire, maintenant que le Général a foutu le camp… Continuer comme si de rien n'était ? Malgré et à cause de ce « départ à Colombey », reprendre la rue, reprendre la France, à partir des Champs-Élysées.

Pasqua et ses hommes sont au rapport.

Comment se passe la mobilisation ? Quelles sont les estimations ? Combien de cars ? Combien de drapeaux ? Qui donc a bien pu les fabriquer, en pleine grève ?

Un avion pour lancer des tracts sur la capitale ? Pourquoi pas !

Au bout d'un moment, on additionne le nombre de bus par département montant sur la capitale.

« Vingt-cinq mille », selon nos sondages…

« Trois mille » pour Matignon, rétorque un autre. Foccart et ses hommes sont refroidis par ces chiffres.

« Eh bien, nous marcherons tout de même jusqu'à l'Arc de triomphe… ! » Le patron du SAC rassure ses hommes…

Mais on le rappelle, encore depuis Marseille. On insiste, Confidentiel, « opération Stades ». Tout à coup, Foccart parle plus bas ; il se fait transférer la communication dans un petit bureau.

## 32

## *« Et s'il fallait recommencer ? »*

« Et si demain, il fallait recommencer, Massu ? »

Massu, surpris par la brutalité de la question, se raidit et aboie sa loyauté :

« Mon Général, l'armée ici en Allemagne – jeunes soldats et officiers de carrière réunis – est prête à obéir, à servir la France. »

Le vieux chef opine, satisfait. Le rapport de Flohic n'est donc pas vain ; les choses militaires sont en ordre. Il poursuit, à haute voix, le regard toujours vissé à la flèche de la cathédrale :

« Je pourrais appliquer l'article 16... Prendre, comme la Constitution m'y autorise, les pleins pouvoirs... »

Massu déglutit, blêmit, relâche sa tenue.

« Nous pourrions installer le siège du gouvernement – et de la légitimité républicaine ! – ailleurs qu'à Paris, à Strasbourg... Si vous pensez vraiment que la ville est sûre et fidèle... »

Massu acquiesce, sans entrain.

« Nous pourrions installer un gouvernement provisoire, à Strasbourg, ou à Metz… »

Puis la voix forte et jeune tout à coup semble promettre bien des Arcole. « Et de là, de là… » De là… De là, la marche vers Paris.

Il imagine ses bataillons, la nouvelle 2e DB ; ville après ville, clocher après clocher, la reconquête des cœurs et des usines. Napoléon l'a bien fait, après l'île d'Elbe ; et avec bien moins de troupes que lui. Il rêve de nouveau. Murmure le nom des étapes. Imagine sa grande marche. Derrière ces bougonnements, combien de ciels, combien de victoires ? Il est un combattant. Il n'a jamais cessé de l'être.

« En trois jours, nous pourrions acheminer les régiments mécanisés sur la capitale… Qu'en pensez-vous, Massu ? »

Massu ne répond pas. Il ne bouge plus, ne bronche pas, ne risque aucun geste de nature à conforter l'étrange raisonnement de son chef. Il est terrifié, après coup, des conséquences de ce que Flohic et lui-même viennent de déclencher : aller à Strasbourg. L'autre le relance, il se met à parler pour ne rien dire ; bafouille des phrases incompréhensibles ; se met à tourner dans la pièce ; va, vient, sans que rien de consistant ne sorte, jusqu'à ce qu'il éructe :

« Bien sûr, je serai à vos côtés, mon Général… L'armée d'ici et les autres aussi, si vous le souhaitez… Nous irons au front avec vous, parce que vous êtes le général de Gaulle, et que vous êtes la République… Mais…

— Mais quoi ? interrompt de Gaulle contrarié. Les "mais" c'est bon pour Paris ; mais pas ici, à Baden, dans l'armée !

— Mais il y aura un bilan… mon Général… Et ce ne sera pas beau à voir. »

Le Général hausse les épaules : « Vous êtes trop pessimiste Massu… Il s'agira, tout au plus, de faire valoir le droit ; en utilisant la force légitime.

— Non, mon Général, ce sera une guerre civile… Une sale guerre, mon Général. L'armée n'est pas entraînée pour le maintien de l'ordre. Le bilan sera terrible ! Nous y parviendrons, mais à quel prix ! Moi, je pourrais la faire, et tout assumer, comme en Algérie…

— Et alors, vous avez des états d'âme, maintenant ?

— Je ne suis pas un grand intellectuel, ni un grand discoureur, mon Général… Mais la bataille d'Alger, même à Paris, ce n'est pas pour vous, mon Général… »

Il se défend, piqué au vif : « Quoi, moi ? »

Massu, hésite puis se lance : « Finir ainsi, vous ! C'est bon pour Guy Mollet, ou… ou des généraux sud-américains. Pardon de vous le dire, vous y laisserez votre légende… »

Le Général se retourne, toise Massu, blanc comme un linge, comme vidé de son sang par l'effort. Et alors qu'on attendait sa foudre, il se contente de hausser les épaules, d'une façon enfantine, plus compassionnelle.

Massu, qui a retrouvé une assurance inédite, lance sur le ton de l'aveu : « En fait, mon Général… je pense… que c'est trop tard. »

Le vieux chef sursaute et grogne :

« Pourquoi trop tard ? Ils viennent tous de dire que militairement, c'est possible. De quoi vous mêlez-vous ?

Vous voulez faire encore de la politique, comme en Algérie ! »

L'œil est soupçonneux ; le ton accusateur, mais cette fois, Massu ne recule pas :

« Mon Général, je ferai ce que vous m'ordonnerez... Mais imaginez-vous... À la radio de Strasbourg, lancer votre appel ; et moi avec ma bedaine, et mes années, reprendre la tête d'une division ; entrer dans Paris ; ratisser la ville ; faire encore la guerre... »

L'image agitée par Massu le distrait un instant.

« Nous voyez-vous, mon Général... à nos âges, refaire le 18 Juin ?

— Et pourquoi pas, Massu ? Le combat reste le même. Empêcher la disparition de la France. »

Mais, la Grande Histoire que l'autre agite n'a plus d'effet sur le grognard. Il crapahute sans succès depuis une heure ; va de rebuffade en déroute ; a perdu toute initiative ; cette fois il ne reculera plus d'un pouce.

Il reprend son souffle, du calme, du calme, du calme Massu, avant d'asséner :

« Parce que, mon Général, nous sommes trop vieux... »

Le Général fait mine de ne pas avoir entendu. Massu insiste :

« Vous êtes trop vieux... Mon Général, nous nous sommes trop vieux pour reprendre la guerre. »

Le vieux chef accuse le coup ; la riposte ne se fait pas attendre :

« Trop vieux ? Parlez pour vous, Massu... »

## 33

### *« Si de Gaulle ne rentre pas, vous êtes sauvé »*

Jobert n'aime pas les manières rugueuses de Juillet ; et ce départ pour la Suisse ne le convainc pas plus que l'idée d'une « ligne jaune ». Il n'est pas un gaulliste de choc, ni même un pompidolien du premier cercle ; juste un serviteur de l'État, dont l'orgueil est de n'avoir ni états d'âme, ni passion ; ce pourquoi il méprise les soudards qui, dans le salon d'à côté, rêvent d'en découdre.

« Vous l'imaginez, monsieur le Premier ministre, ces solutions n'ont pas ma préférence… Plutôt que la "ligne jaune"… Je vous suggère de choisir le judo…

— Le judo ?

— Oui… Car, paradoxalement, ce départ de De Gaulle peut servir votre destin. »

Pompidou s'étonne et s'intéresse, l'œil aigu, la cigarette au bec.

« Regardons la situation. Vous êtes Premier ministre, mais, pardon de vous le dire, dans deux heures, demain, du point de vue institutionnel, vous êtes un fétu de paille… »

Pompidou acquiesce. Il apprécie cette lucidité ; elle aiguise son esprit.

« Mais, dans le cas où le Général reviendrait, vous êtes doublement fragile…

— Doublement ?

— D'une part, vous êtes à la merci de son caprice ; et vous savez qu'il ne vous a plus en odeur de sainteté… La liste de vos successeurs est prête sur son bureau, de Couve à Giscard en passant par Mendès, sans parler des candidats fantaisistes… D'autre part, une motion de censure vous attend. Elle vous sera fatale, cette fois. La semaine dernière, il leur manquait onze voix pour vous faire tomber. Les giscardiens et les gaullistes de gauche les trouveront. Vous tomberez… »

Jusque-là rien à dire, le raisonnement du subtil Jobert est sans défaut ; le Premier ministre le presse d'en venir au fait.

« Mais la situation pourrait tourner à votre avantage, car nous avons de l'avance sur nos adversaires. Quelques heures, au mieux. Nous savons, et ils ne savent pas encore… Nous devons anticiper en faisant déclarer la vacance du pouvoir par le Conseil constitutionnel.

— Et Monnerville, vous en faites quoi, dans votre scénario ?

— Monnerville devient président par intérim. C'est votre assurance-vie…

— Comment ? C'est mon ennemi juré. Il a promis de me faire traduire en Haute Cour en 1962. Sitôt président par intérim, il me virera – ou pire…

— Pas du tout. Vous restez Premier ministre. Un article de la Constitution prévoir en effet "qu'en cas de vacance du pouvoir, les fonctions du président de la République sont provisoirement exercées par le président du Sénat"… Mais avec quelques restrictions. Le Président par intérim ne peut ni se séparer de vous, ni dissoudre ; ni même accepter une motion de censure. »

Jobert lui montre les derniers alinéas de l'article 7, méconnus. Pompidou souffle, fume et opine. En effet, dans ce cas, le Premier ministre est invirable, et ce désastre pourrait bien être son salut. Il se régale de cette perspective nouvelle. Il mettra cet autre fer au feu.

## 34

## *« Et maintenant, la déchéance ? »*

Flohic se précipite, pour porter la nouvelle du ralliement d'autres « amis sûrs », Galley, le gendre du général Leclerc et ses cinq mille officiers, mais il se trouve fort dépourvu lorsque le Général, replié dans son fauteuil, étrangement calme dans la lumière déclinante, lui lance : « Et maintenant ? »

L'aide de camp ne comprend pas la question. Il reste coi, tandis que le vieux chef insiste, l'air perdu : « Et maintenant… ? Qu'est ce qui va se passer ? »

Flohic, qui l'avait laissé rétabli, regonflé, redevenu chef de guerre, ne voit toujours pas où il veut en venir, et répond en militaire :

« Mon Général, dès que vous êtes dans une enceinte militaire bien pourvue en moyens de communication, que ne peuvent contrôler les grévistes, les choses deviennent plus aisées. »

Le Général s'agace : Flohic reste perplexe, pendant que son patron précise :

« Le Conseil constitutionnel, Flohic… ! Le Conseil constitutionnel… ! Il va prononcer ma déchéance. »

Étrangement, il vient seulement de réaliser la menace constitutionnelle. Cet homme de commandement avait négligé la conséquence immédiate de son acte. Il n'y avait pas pensé, ou n'avait pas voulu ; tout à coup cette déchéance prend son sens, terrible. Il vient de réaliser – à la sonorité particulière de ce mot qui dégouline, à son tempo, son écho, à cette molle musique – que son statut juridique s'accorderait bientôt à sa misère, à son exil…

Ainsi, ce sont eux, Palewski et les hommes qu'il avait faits, qui depuis leur palais de la rue de Montpensier décideraient. Il imagine ces sévères notables se pourlécher les babines ; faire bien des manières, trouver bien des arguties, avant de faire tomber leur guillotine juridique. *On est toujours accablé par ses successeurs…*

En lui, c'est un affaissement de plus. Désarçonné par le peuple, il est en passe d'être déchu par sa propre Constitution.

Le vieil homme reste ainsi pétrifié.

Massu, de retour, découvre la situation ; elle a vite évolué. Cet idiot de marin est en train de lui saboter le travail en expliquant au Général que le statut des troupes françaises en Allemagne est comparable aux navires qui sont, « où qu'ils se trouvent », « parcelle du territoire national ». Étant en territoire français, il ne peut être déchu. La thèse de Flohic intéresse, sans convaincre… Massu profite d'une moue pour intervenir. Il a compris plus vite que l'aide de camp et argumente, mieux que d'ordinaire quand il se mêle de politique : « Le président du Conseil constitutionnel, Palewski, est un ancien de la France libre… Il ne prendrait pas cette initiative sans une déclaration en bonne et due forme… »

Massu se montre convaincant, mais il n'est pas mécontent de voir le Général découvrir son nouvel état de « déchu ». Il a réussi à l'atteindre pour la première fois, l'a ferré, a trouvé le point sensible. Il doit donc jouer serré : le calmer, tout en continuant à l'inquiéter. Tenir les deux bouts, conserver cette tension.

Le vieil homme écoute, évalue, réfléchit. Puis il demande du papier, et se met à rédiger une lettre ; au président du Conseil constitutionnel.

« Eh bien, déchu ou pas, ma décision est prise. Je m'en vais…

Mais c'est moi qui décide. »

Massu a envie de hurler ; tout est à recommencer.

## 35

### « *Opération Stades* »

Foccart sort le document du coffre où il l'avait rangé. Avant de rappeler les responsables du SAC marseillais, il veut se remettre en tête, jusque dans les moindres détails, cette opération nécessaire, mais ô combien délicate. Mais comme il le craignait, le document estampillé « diffusion restreinte/pour vérifications » avait été modifié. La liste des opposants politiques, obtenue non sans mal du patron de la DST, avait été retouchée.

Au départ, le document de la DST était professionnel. Un gros annuaire mécanographié, 52400 noms soigneusement repérés, un travail de pro du renseignement. On s'était cantonné aux « rouges » et à leurs amis : les cadres du PC, de la SFIO, du PSU ; les encartés de la CGT, et les abonnés des journaux d'opposition…

L'ennui, c'est que des centaines de noms y avaient été rajoutés. Certains à la main, d'autres à la machine, grossièrement, avec d'autres polices de caractères. Il est d'abord dérouté, puis il comprend : ville par ville, section par section, ses correspondants avaient réglé leurs comptes, à Marseille, à Nice, les OAS ralliés à d'anciens gaullistes avaient tout noyauté ; là des chefs avaient dénoncé des concurrents en affaires… Ils n'avaient pu s'en empêcher, ces saligauds. Le document avait circulé en province, trop, et était revenu au siège parisien modifié, rayé, surchargé.

Foccart s'y perd, et s'inquiète : il sait qu'en matière de police, le diable se niche dans les détails. Alors il décide de tout reprendre. Il corrige cette liste, comme s'il n'avait que ça à faire : supprime les scories ; repère les changements, commence son grand nettoyage.

Sur le papier, « l'Opération » était pourtant un projet simple, et l'idée de ces « centres de tri et de clarification » astucieuse : des mesures provisoires ; une répression à ciel ouvert, pas de salles de torture ; pas de sauvageries superflues. L'ordre de mission était explicite : « Ne pas donner de détails aux sujets regroupés… Éviter les brutalités inutiles et présenter l'internement comme une mesure passagère. »

*Des mesures passagères,* quelques jours seulement. Le temps d'en finir avec la sédition ; de faire le tri ; de vérifier la nocivité de chacun des individus fichés. La méthode avait été expérimentée sur la recommandation de la CIA, en Grèce, l'année précédente. Elle avait rencontré le succès sans trop de casse humaine. Foccart donc fait expertiser la méthode américaine des « réseaux gladio » par des types sérieux. Leur conclusion était sans appel : c'est l'utilisation du Stade olympique d'Athènes, pour ces « regroupements » d'opposants, qui avait permis aux colonels d'éviter l'an dernier un coup d'État marxiste.

« Les Marseillais rappellent encore ; ils sont pressants, Pasqua l'interrompt dans son travail de fourmi. Ils ont prévu les regroupements boulevard Michelet, au stade Vélodrome ; et ils ont rajouté aussi le stade de l'Huveaune… Il faut leur donner une réponse. »

Il fait trop chaud dans cette soupente. Foccart hésite ; encore groggy et malgré les cachets magiques, il ne se décide pas.

Pasqua insiste, avec sa bonne humeur :

« Ils sont l'arme au pied depuis si longtemps… Et ils veulent défourailler ; on peut les comprendre, Monsieur. »

Le patron du SAC apprécie l'enthousiasme du jeune Corse, mais il n'est pas rassuré. Il veut le succès de cette opération, il n'est pas une âme molle ; mais avant de se décider à donner son feu vert, il veut s'assurer encore… Il n'est pas convaincu que ses *compagnons* marseillais soient aussi *professionnels* que les colonels grecs.

## 36

### *« J'en ai assez de porter le cadavre de la France »*

« Monsieur Pomme-pi-dou !!! » Il martèle sa moquerie de corps de garde, comme s'il parlait à un sourd ; et Massu opine du bonnet devant ce tableau d'Apocalypse qu'il lui trace, la France, les Français, Pompidou et lui… Que peut-t-il faire d'autre ? Il aimerait intervenir, l'interrompre, reprendre la main ; mais le monologue du vieil homme est comme un fleuve infranchissable.

« … Car le Ciel soit loué, on annonce, partout, l'Alléluia… La venue du Sauveur, monsieur Pompidou, le brillant négociateur des prétendus accords de Grenelle… Vous avez vu ce que ça a donné… ? Après la chienlit, une vraie révolution… Provoquée par lui… ! On me crucifie à cause de mon discours raté du 24… Mais alors que faut-il penser de son bilan à lui ? Il a tout raté…

Il n'empêche… »

Il laisse la phrase en suspens ; le silence dure. Est-ce le dépit, l'affection passée, le poignard de Brutus, tout cela le remue plus qu'il ne l'aurait cru. Il reprend, plus calme ; moqueur, Saint-Simon de lui-même :

« Il n'empêche... tous les bourgeois de Paris sont fous de monsieur Pomme-pi-dou... Tous ces soi-disant gaullistes... »

(*Mezza voce :*) « Et qui l'étaient si peu en 1940...

Déjà sous la Fronde, la duchesse de Longueville, la sœur du Grand Condé, menait la danse... La bourgeoisie, celle qui adore monsieur Pomme-pi-dou, a trahi, mon cher Massu...

Remarquez, je ne me suis jamais fait beaucoup d'illusions sur cette bourgeoisie au cœur sec. Elle m'a fait revenir en 1958 pour régler l'Algérie ; mais une fois la chose faite, elle a essayé de se débarrasser de moi... Le Petit-Clamart, c'était ça déjà... Ils ont toujours voulu se débarrasser de moi. Et ils recommencent, à présent qu'ils ont leur solution de rechange... Monsieur Pomme-pi-dou... »

Le Général est essoufflé par la tirade ; il garde tout ça en lui depuis trop longtemps – à qui peut-il le dire, à part sa femme... ? Il hésite, et finit par lâcher, comme s'il s'agissait d'un secret inavouable :

« En vérité... Le mal est plus profond... Massu. »

Le para tend l'oreille ; l'histoire rôde, et en dépit de toutes les recommandations de Toto, il ne peut résister au magnétisme de l'oracle qui laisse tomber, sombre, inspiré :

« Les Français sont fatigués de la grandeur... C'est fini... »

L'aveu a dû lui coûter ; il reste silencieux un long moment ; comme s'il faisait le triste bilan de son échec.

Une fois de plus, Massu ne peut que constater, et approuver… Tandis que l'autre, silencieux un moment, reprend d'un même ton, lourd, fataliste :

« Après tout, c'est la pente… »

Massu ne comprend pas cette idée, la « pente » ; il tique et ne s'en cache pas, maintenant qu'il a capté le regard de De Gaulle, et se sent moins impressionné.

« Oui, Massu, reprend-il plus pédagogue, c'est la pente naturelle de ce peuple… Ce que Jules César déjà disait d'eux. La pusillanimité des Gaulois ; leur force dans la guerre, mais ce caractère qui ne supporte pas l'épreuve ; cet avachissement après les victoires, ces humeurs querelleuses toujours… Tous ces mauvais penchants, que j'ai combattus, et qu'il a vus lui aussi, il y a deux mille ans. Les mêmes, Massu !

On ne change pas un peuple, et d'antiques réflexes. Je leur ai proposé la grandeur…

Ils veulent bambocher à leur aise ; retourner dans l'état où je les ai trouvés en 40…

Eh bien, bon vent… »

Massu n'est pas de taille à lutter, il écoute religieusement :

« La pente, Massu… Le déclin de la France est un fait…

À quand remonte ce déclin… ?

Aux folles guerres de Louis XIV qui ont saigné le pays ? Depuis les aventures de Napoléon ?

Ou bien est-il la conséquence de la saignée de 14-18 que Clemenceau, ne voulant pas faire une paix séparée avec l'Autriche-Hongrie, a prolongée… ?

Je ne saurais avec précision dater l'amorce de ce déclin… Et d'ailleurs, qu'est-ce que ça pourrait y changer ?

La seule question qui vaille, et sur quoi j'ai pu pouvoir influer, c'était l'angle de cette pente. »

La pente… L'angle… L'angle de la pente… Jusque-là, Massu le suit ; il a compris, il suffit d'appliquer les règles du génie – apprises à Saint-Cyr – à la Grande Histoire…

« Alors, après moi, comment sera la pente ? Sera-t-elle "douce"… ?

La France mettra-t-elle des siècles pour s'échouer sur les rives de l'insignifiance, comme le Portugal, cette fière nation qui domina le monde et les mers, et qui à présent n'est qu'un appendice de l'Europe ? »

Le vieil homme s'arrête attristé, fataliste, puis reprend d'un ton plus assuré, presque clinique :

« La "portugalisation" de la France était – jusqu'aux derniers événements, du moins… – le scénario possible.

Le moins brutal, et aussi, au fond, le plus humiliant.

Une longue pente douce… »

Il accompagne son explication d'un geste de la main, doux, lent, rassurant, avant de se dresser :

« Mais à présent, après ce que j'ai vu en mai, ma crainte est que la pente ne soit plus rude… Tout porte à croire que la crise de Mai est l'ultime étape avant la dislocation… »

Il insiste sur le mot « dislocation », et se referme un moment qui semble interminable à son interlocuteur, avant de mollement s'indigner :

« Eh bien, sans moi… !

J'ai fait ce que j'ai pu…

J'ai tenté de contrarier la pente.

En roulant ma pierre, comme Sisyphe, en 1940 d'abord ; en 1958 et depuis dix ans ; mais là, je ne puis plus… »

Massu veut protester, cherche l'argument, les mots, la prise ; et ne trouvant rien de mieux, il a cette phrase-valise : « Mais tout de même, vous êtes le Général » qui l'insupporte plus encore. Il se tire de son profond fauteuil, et comme s'il était ce Sisyphe excédé, il tonne à l'attention du para, et de la terre entière :

« Eh bien, disons que j'en ai assez de porter le cadavre de la France. »

## 37

### *« Remonte sur le ring. Ne te laisse pas impressionner »*

Flohic et les deux aides de camp de Massu somnolent ; et d'un même mouvement se redressent, lorsqu'ils voient surgir Massu, en pétard comme jamais, la gueule de guingois, une grenade dégoupillée roulant dans la pièce…

« On n'est pas sortis de l'auberge, les gars. Il est têtu comme une mule…

Il est bloqué ! Totalement bloqué… »

Entendant ce tumulte, Toto accourt, et gênée par cet étalage, attire son mari à l'écart.

« Il est bloqué !

Totalement bloqué…

Je ne peux plus rien faire… »

Face à elle, il ne fait pas le fier. Il relâche la pression ; ne tient pas sur ses jambes ; tremble de tous ses membres.

« Du calme, Massu, du calme…

— Il me parle de s'exiler en Irlande, imagine-toi, l'Irlande… Ensuite, il s'est mis rêver à un nouveau 18 Juin… Faut dire qu'il était chauffé par l'autre idiot, le marin, l'aide de camp… S'installer à Strasbourg, et de là reprendre la France… Et maintenant, il est revenu à sa lubie : partir.

— Pour ma part, je trouverais ça très bien qu'il se retire, mais si tu penses…

— À un moment, j'ai cru que j'arriverais à le raisonner… Mais il ne veut rien entendre… Il est bloqué, il a ses idées noires, à faire peur… À un moment, il m'a décrit l'Apocalypse… »

Il a tout vécu Massu ; mené des armées intrépides ; gagné des guerres et des batailles ; mais dans ce corps à corps, il ne fait pas le poids. Il ne peut pas ; il est inapte, incapable de subir cette épreuve. Toto tente de le rétablir, comme elle le faisait au temps où elle était ambulancière sur les champs de bataille ; ou les soirs de grand chaos, durant la bataille d'Alger. Elle lui prend les mains, les garde contre elle, comme les médecins chinois ; le fait respirer par le ventre, à fond Massu, à fond.

« Tu dois te dire que ton de Gaulle, ce n'est pas un dieu… Que ce n'est pas ton chef ; même plus le de Gaulle qui nous a fait tant de mal…

C'est un homme… Tu as peur de quoi ? »

Elle accorde sa voix à son âme ; elle le caresse ; elle le rassure. Au bout de quelques instants, les soins de la Rochambelle produisent leurs effets. Massu retrouve son maintien, son corps, son cap.

« C'est un combat, Massu, une autre forme de combat, le plus noble peut-être de tes combats… »

Et lorsqu'elle le sent prêt, plus calme, remis sur pied, prêt à recevoir le feu et la mitraille, elle le pousse, avec tendresse et fermeté. « Il faut y retourner, Massu… »

## 38

### *« Et s'ils m'assassinent ? »*

Il se dirige vers son bureau, comme le gladiateur va à l'arène. Il se répète, tel un mantra, les paroles de Toto. Il est un para ; il en a vu d'autres ; et cette fois, il ne va pas se faire avoir par *le Grand*. Il va se faire entendre, se battre, ne rien céder. Ce sera Lui qui sera forcé d'écouter, et Massu va y aller fort sans prendre de gants, sans tortiller. *Le dernier combat de sa vie, le plus noble…* Il se redresse, tire sur son pantalon, respire un grand coup, et avant de pousser la porte, cherche une image qui le stimule. Il se souvient d'une folie mémorable ; ce jour où, à l'Élysée, à l'issue d'un dîner officiel, une invitée lui avait demandé ce qu'était un roulé-boulé. Plutôt que de lui expliquer avec des mots la technique d'atterrissage des paras, comme on le fait dans un salon respectable, il s'était lancé de tout son corps sur la moquette du Palais, pour effectuer son roulé-boulé. Sous les yeux ébahis des ministres et des bourgeoises, et le regard – il s'en souvient – pas peu fier du Général… Il veut retrouver ce tempo, dans son corps, et dans son âme ; le même entrain, la même audace que ce jour-là.

Il se jette donc dans la pièce, comme on roule-boule ; et profite de ce que de Gaulle est en train d'avaler son café, et dans l'impossibilité de lui répondre, pour mener sa percée.

« Mon Général, désolé de vous le dire, vous restez un militaire. Et le front, ce n'est ni l'Irlande, ni Baden… Et ce n'est pas, non plus, un front militaire.

Le front, c'est la France, mon Général… »

Le vieil homme, ainsi attaqué sans sommation, reste mutique. Ne le voyant ni réagir, ni protester, Massu poursuit sur un ton d'autorité inédit :

« Le front que vous avez choisi, il est en France, mon Général… Et c'est le référendum… Du moins, si vous y tenez encore… »

Pour une fois que le para *se mêle de politique*, il ne lui saute pas à la gorge ; seul un maugréement vient nuancer : « Oui, mais un tel référendum, c'est si difficile à organiser dans cette chienlit… Les grèves, les transports, les bulletins à acheminer… »

Aussitôt, Massu rétorque, bonhomme : « Eh bien, s'il s'avère que ce référendum est trop difficile à organiser, il sera toujours temps de démissionner… »

Le vieil homme ne répond, ni ne dément. L'argument semble porter. L'offensive se poursuit sans embûches. Massu gagne en confiance :

« Et puis, si vous n'arrivez pas à l'organiser, ou si par malheur vous le perdez… » Il hésite, avance à pas de loup, achève sa tirade :

« Eh bien, vous partirez… ! Mais sans la guerre civile ; et sans la honte d'avoir renoncé de la sorte… »

Massu redoute la réplique. Elle ne vient pas.

Le combat vient de changer de nature. La cible est en vue, à portée ; il ne faut pas l'effaroucher. Alors il continue à parler ; sa voix est devenue pateline, presque douce ; il reprend autrement ses idées et ses arguments. Et l'autre écoute, s'intéresse, approuve de temps à autre, en tout cas ne l'humilie plus. À certaines phrases il relève même la tête, ému :

« Le vieux lutteur qu'est le Général doit faire front jusqu'au bout… Il n'a pas le droit de laisser tomber… Vous êtes fatigué, d'autant que vous avez été victime de plusieurs attentats… C'était normal que ça commence à peser… Même si vous deviez être victime d'un nouvel attentat, cela vaut mieux que de laisser tomber maintenant… »

Lorsque le para s'interrompt, cherche ses idées, ou son souffle, il se montre impatient, en redemande ; il ne faut pas que le flux s'interrompe. Massu qui avait toujours braillé, zozoté, avalé ses mots, ses phrases et même ses idées, se découvre un pouvoir inédit. Pour la première fois, sa parole est une arme ; il vient de le réaliser, à condition que les phrases, le ton, le rythme fussent ajustés à l'âme de son chef. Huit années avaient passé depuis l'engueulade de l'Élysée. Il contrôlait mieux le point de rupture propre au Général – la pique, la formule, la provocation qui réveilleraient son orgueil ; sans rompre. Il maîtrisait mieux les règles de ce corps à corps.

*Ne pas le laisser impressionner Massu…*

L'Autre écoute enfin, et a abandonné sa raideur obstinée. Mais pour combien de temps ? Massu, après être passé par les montagnes russes de l'humeur présidentielle, veut pousser son avantage ; le terrain est si meuble ; il doit l'emporter sans tarder. Non plus seulement le ramollir dans sa détermination ; mais le retourner, comme dans ces arts martiaux qu'il pratique. Frapper un grand coup, pas trop tout de même.

Il décide donc de se faire violence. Il cherche à retrouver une autorité impérieuse ; et lâche un ordre pompeux, sincère, maladroit :

« De Gaulle ne doit pas déserter… »

Déserter ! Ce mot résonne dans la pièce ; on n'entend que lui.

Et il ne proteste pas.

Massu se demande s'il n'a pas cogné trop fort. Ne le voyant pas réagir, le grognard répète alors, sonné par sa propre audace :

« Vous ne pouvez pas déserter… »

Le vieux chef lance alors un regard de misère, et lui demande comme on implore :

« Et s'ils m'assassinent ? »

## 39

### *« Mendès ne veut pas se salir les mains »*

Pierre Mendès France est surpris, et mécontent, lorsqu'il aperçoit une forêt de micros, d'appareils photo, de caméras, en arrivant sous les arcades de la rue de Rivoli. Mitterrand lui avait parlé d'un rendez-vous discret pour faire le point. Lorsqu'il a pu enfin se frayer un chemin parmi les journalistes, jouant des coudes, refusant toute déclaration, quel n'est pas son étonnement, en arrivant dans l'appartement de Georges Dayan, de découvrir qu'en fait de tête-à-tête avec Mitterrand, il y a là toute la gauche non communiste : Guy Mollet, le patron de la SFIO, René Billères le patron des radicaux, et Gaston Defferre, le puissant député-maire de Marseille. Encore un coup tordu de son jeune rival Mitterrand qui, s'étant vautré la veille dans sa conférence de presse où il postulait à la succession de De Gaulle, joue à présent le Monsieur Loyal. Mais que peut faire Mendès ? Il reste, car la donne a changé. De Gaulle – il en est convaincu – ne reviendra pas. Il s'installe dans le profond canapé ; sort ce gros carnet en cuir qui ne le quitte pas ; et c'est sur le ton de l'Homme d'État qu'il commence :

« Nous pouvons nous trouver, d'une minute à l'autre, devant le vide. Nous y sommes presque déjà… Le devoir de l'opposition est de préparer la relève. »

Mais avant la relève, ce qui préoccupe le très désiré Pierre Mendès France, ce n'est pas tant de prendre le pouvoir que de savoir qu'en faire. Il faut donc se mettre d'accord sur un « programme précis » et un « contrat honnête ».

La petite assemblée acquiesce devant l'évidence.

Mais leur approbation ne suffit pas. Il insiste. Il ne veut pas du flou, et ce sommet improvisé est l'occasion de mettre les choses au clair. Il se tourne d'un ton accusateur vers Mitterrand, qu'il interpelle :

« Je regrette qu'aucune discussion sérieuse n'ait eu lieu depuis le début de la crise… »

Mitterrand feint de ne pas comprendre. Le temps presse. L'Histoire rôde, elle leur passe les plats. L'heure n'est pas aux palabres, ni aux règlements de comptes.

Mendès poursuit, frustré de ne pas avoir sa « discussion sérieuse » avec Mitterrand :

« Car, vous vous en doutez, mes amis, je n'entends pas me salir les mains dans une combinaison médiocre… »

Personne n'ose le contrarier, cette fois encore, car on veut en venir aux faits. Mitterrand échange des regards consternés avec Defferre et Dayan… Mais Mendès n'en a pas fini. Il alerte les « impatients » (suivez son regard) sur les difficultés immenses, une fois la gauche au pouvoir : le Mur de l'argent, et aussi le mur de la CGT, le franc malmené, le contrôle des changes nécessaire, la dépendance énergétique, le chaos inévitable…

Et quand enfin, Mendès en vient à son « programme précis », il le déroule, point par point : thèmes, priorités, Europe, jeunesse, question sociale, modernisation économique, relations franco-américaines… Il a pensé à tout. Devant cet exposé sérieux, articulé, long, si long que parfois on se croirait à un colloque universitaire, les autres baillent, bavardent, s'agacent, somnolent…

Tout le monde est d'accord… À condition qu'il en finisse.

Le nez dans son carnet en cuir, Mendès en vient enfin à son « contrat honnête », à la composition du gouvernement transitoire, et à ses alliés. Et il pose ses conditions. Il veut deux ministères pour la *Jeunesse*.

Mitterrand qui, jusque-là, s'est abstenu d'intervenir, bondit :

« Mais c'est un chiffon rouge pour les communistes ; et on a besoin du PC ! Vous allez tout faire échouer. »

Mendès lui répond, calme, intraitable :

« Un gouvernement de transition doit représenter la coalition de tous ceux qui, depuis trois semaines, se révoltent contre le pouvoir. Les jeunes, qu'ils soient étudiants ou paysans, doivent y être intégrés. »

Le débat s'échauffe. Mitterrand pousse à l'alliance avec les communistes. Mendès ne veut pas sacrifier ses gauchistes. Le chef des radicaux approuve le radical Mendès. Mollet, qui connaît son entêtement, ne cherche pas à le contrer. Defferre balance… On se dispute ; on s'envoie à la figure l'histoire de la gauche depuis le divorce de Tours. On veut des communistes, on n'en veut pas… *Qui ne fait de châteaux en Espagne ?* On invoque Jaurès, et on répond Clemenceau. L'un brandit le Front populaire ; l'autre rappelle la funeste alliance des communistes et des gaullistes qui les enterra, eux et la IVe. Par moments, on converge, le pouvoir est à portée de main, pour se perdre en chemin aussitôt…

Mais il est tard ; ils ont tous des obligations et des arrière-pensées ; et l'on décide de ne rien décider. On demande à Mitterrand, sans y croire, de sonder les communistes. *Il faut donner sa chance à Mendès.* Mitterrand accepte, mais il est pressé lui aussi. C'est le moment que choisit Mendès pour leur annoncer, benoîtement, qu'il fera à 21 heures une « déclaration ». Les autres leaders de la gauche échangent des regards consternés. Mendès va-t-il tous les doubler ?

Mitterrand est bien le seul à ne pas se gendarmer. Il glisse à l'oreille de Dayan :

« Il n'ira pas… Il ne veut pas avoir les mains sales… Parce qu'il a choisi de ne pas avoir de mains. »

## 40

### *« Mort pour mort, que risquez-vous ? »*

*Et s'ils m'assassinent ?*

Massu se jure de ne pas se rappeler ces mots, cette image, ce vieillard perclus, misérable, paniqué ; la terrible musique de cette voix ; ces gestes désordonnés au prononcé de cette phrase, comme si le poignard allait tomber. Il se jure de n'en parler jamais, même à Suzanne ; de tout oublier ; d'en effacer les traces jusqu'au fond de sa mémoire. Le spectacle de cette épouvante lui est insupportable. Un monde s'effondre, après avoir vacillé tout l'après-midi. La situation lui semble si obscène qu'il lui faut un sursaut de l'âme, un effort immense, pour ne pas – lui aussi – se laisser aller, devant la défaillance du Commandeur.

Le vieil homme – qui a saisi cela dans le regard de son soldat – tente de se justifier, avec un rien de mauvaise foi :

« Rien ne garantit qu'on ne veuille pas se débarrasser de moi, à mon retour… Ma famille est menacée… Madame de Gaulle a été agressée par deux fois… »

Il insiste ; la politique n'a guère changé depuis l'assassinat du duc de Guise ; un accident est si vite arrivé :

« Un attentat, une exécution politique ; ils sont si impatients d'en finir avec moi… Je gêne le Parti communiste, je gêne Pompidou, je gêne les centristes, et je gêne la gauche non communiste… Je les gêne… Je les gêne tous… »

Après avoir cru l'emporter, Massu constate que la boîte à chagrins s'est rouverte ; tout ressort. Dans les yeux de l'autre, il y a de l'effroi, les peurs, les colères, toutes les terreurs des vieux chefs gaulois. Il est encore dépassé ; il ne contrôle plus rien. Il l'a brusqué ; une fois de trop.

Alors, perdu pour perdu, le para décide de jouer son va-tout.

Il doit frapper un *grand coup* ; être percutant, cruel, terrible, au risque d'être haï. Il cherche des arguments ultimes. Il les trouve en lui, s'effraie de ces mots, bloqués dans sa gorge et qui lui font mal.

Il se poste devant lui ; cherche son regard, et quand enfin il le croise, il les lui crache au visage, plein d'un dédain surjoué :

« Il vaudrait mieux être assassiné… que de finir ainsi. »

Massu redoute la réplique. Mais elle ne vient pas.

Le Général lève un regard stupéfait, à travers la tasse de café qui lui sert à masquer le tremblement de son visage. Il n'en revient pas de cette insulte ultime dans la bouche de son grognard, qui reste ahuri, sonné par son audace, tremblant sur ses jambes.

Personne ne lui avait parlé ainsi, au moins depuis un demi-siècle ; mais loin de le choquer, la violence du propos, la netteté primaire de Massu, lui éveille l'esprit. Il n'a fait que lui tendre le miroir de sa déchéance.

*Il vaudrait mieux être assassiné…* Après tout, pourquoi pas, il s'était vu finir ainsi, durant des années… Quand l'affaire algérienne avait tourné à l'aigre, il s'y était préparé. Il vivait sous la menace des rôdeurs sanguinaires, et dans l'attente du poignard ou de l'attentat. À l'époque, il s'y était presque fait, il s'en souvient. Il attendait son martyre, l'assassinat qui l'aurait fait sortir de l'Histoire par le haut… Il s'était même fait de cette mort violente une compagne familière qu'il narguait, en déroutant ses gorilles et ses chambellans. Mais à chaque fois, la main de ses ennemis avait tremblé. Les gens de l'OAS avaient essayé une douzaine de fois ; ils l'avaient toujours manqué. La bombe avait mal explosé. Les tireurs étaient en retard au Petit-Clamart, l'ingénieur Bastien-Thiry avait mal calculé l'heure du coucher de soleil. Des incapables… Oui, après tout… ? Une mort nette, sans appel ; qui ne prévient pas…

Ne le voyant toujours pas réagir, Massu se sent obligé d'intervenir, sur le ton repentant du subordonné après l'écart :

« Bien sûr, mon Général, je ferai ce que vous m'ordonnerez… (Il hésite, il se lance :) Mais vous être trop vieux pour reprendre la guerre… Je suis trop vieux… »

Puis d'un geste large, désignant ceux qui attendent dans l'autre pièce, les gradés, les bleus, les femmes, les civils, les autres, il poursuit son calvaire :

« Ils ne le savent pas, les autres, car vous faites illusion, comme ces étoiles mortes là-haut, dont la lumière nous parvient avec retard... Mais... Mais... »

Massu cale, ému, embarrassé.

Le vieux chef le relance du menton, et finit par lâcher :

« Vous êtes déjà mort puisque vous êtes entré dans l'Histoire...

Il faut voir les choses comme elles sont : vous n'êtes plus parmi eux... »

Devant cette nouvelle impertinence, le Général ne bronche toujours pas. Il écoute ; semble s'attacher à ces mots imagés et ces paroles brutes. Il a le regard presque bienveillant comme si le débit de paroles du vieux para venait le revivifier, laver son esprit de toutes ses scories.

« La seule liberté qu'il vous reste, mon Général, c'est la manière de mourir... Alors faites en sorte que votre sortie de scène, cette mort visible à tous, soit digne de vous... »

Le vieux chef approuve, et reprend pied. Il est comme un noyé que ces paroles sur la mort ramènent à la vie.

« Retournez-y. Parlez-leur... Et si vous n'arrivez pas à calmer les Français, vous trouverez la forme, le moment, l'occasion qui ne va pas manquer de se présenter, pour sortir en beauté...

Mais de grâce, faites-le sans les rugissements de la honte, sans la tache indélébile d'avoir déserté… »

Cette fois, il approuve ; cela pousse Massu à retrouver sa dangereuse franchise :

« Votre devoir, mon Général, est de retourner mourir là-bas, dignement…

Au risque, c'est vrai d'être assassiné… Mais mort pour mort, que risquez-vous ? »

Après avoir vidé son sac, Massu reste groggy. Il ne peut plus avancer, plus combattre. Il a tout donné. Il attend et il redoute. *Ah, il ne s'est pas laissé impressionner.*

L'autre le regarde longuement. Il n'a pas l'air de lui en vouloir de ces outrages, au contraire. Ses petits yeux perdus le fixent, chargés de gratitude. Il le dévisage, curieux et incrédule, comme s'il découvrait enfin l'homme derrière la rude carcasse. Ainsi c'est donc lui, Massu, le con de la légende, qui avait osé ce que personne, aucune éminence, aucun ministre, ni Pompidou, ni son fils, ou son gendre, pas même Malraux, n'avaient su lui dire.

*Ne pas se faire voler sa mort.*

# Épilogue

## 41

*« Je ne me fais pas d'illusions, vieux garçon… »*

En le voyant qui force son dynamisme, sans la regarder dans les yeux, elle redoute le pire. Qu'allait-il encore lui annoncer ? Une prochaine étape ? Quelques nuits ici et là ? Où s'arrêtera cette errance ? Quelle misère allait-il lui faire vivre… ? Elle commençait à se sentir bien. Elle aime cette résidence, ce parfum de bois, cette odeur qui lui rappelle la maison familiale de sa jeunesse à Calais, cette Toto aussi, une sacrée bonne femme ; et les Massu qui, côté humain, valent mieux que tous les ministres du Conseil et leurs femmes emperlousées.

Et en effet, il lui annonce, abrupt et maladroit :

« Je repars. »

La vieille dame s'étonne en silence ; un désarroi nouveau se lit sur son visage. Elle compatit d'un dodelinement de la tête, et entre en elle-même d'un mouvement du front résigné. Elle semble étrange, calme et triste, extérieure à tout cela.

Il explique, et se défend : *Je n'ai pas le choix… Massu n'a pas tort… Le Conseil constitutionnel, l'invalidation ;*

*l'impossible guerre civile ; l'impensable exil; il ne déserte pas ; il rentre, il ira peut-être à la mort, mais dans l'honneur.*

Elle est défaite, ne proteste pas, n'en a pas besoin ; son silence est accusateur. Elle voit s'envoler l'Irlande, Colombey, l'Allemagne s'il l'avait voulu, pourvu qu'ils fussent protégés des fracas du temps. Elle n'avait eu qu'un but depuis le début de cette révolution. Qu'il tienne la promesse qu'il lui avait faite d'une « retraite paisible ». Qu'il s'en aille. En quittant Paris, elle avait cru que la prophétie de la cartomancienne, qui avait annoncé qu'il deviendrait puissant mais mourrait pendu, s'était éloignée à jamais.

Une fois de plus, elle vient de perdre son combat contre l'Histoire et les démons qui l'habitent.

« Je rentre, le temps de voir venir… Et vous restez à Baden… C'est le plus raisonnable… »

Le ton du Général est sans appel, mais la vieille dame relève la tête, et en dépit de sa petite taille, le toise de haut en bas, et lui répond, catégorique :

« Il n'en est pas question… »

Il cherche un autre ton pour la convaincre, la conciliation : « Quelques jours… Le temps de voir venir… Et puis j'ai besoin d'être libre de mes mouvements… »

La voyant si raide, il tente une diversion. « Vous resterez avec les enfants, Philippe et sa femme… Vous serez bien avec les petits-enfants, et puis Philippe n'est pas en forme… »

Mais l'art d'être grand-mère, elle ne connaît pas ; c'est tout juste d'ailleurs si elle connut l'art d'être mère. Est-ce l'amour, le contrat ? L'habitude ? La foi sacrificielle ? Tout cela se dresse devant lui. Une muraille.

Alors, il insiste, lui rappelle les dangers passés et futurs, l'homme à la DS, les grévistes enragés, le Petit-Clamart, l'attentat raté de Pont-sur-Seine sur la route de Colombey : « Je ne veux pas vous entraîner vers de nouveaux périls... Je serai peut-être en danger, et je n'ai pas le droit de vous exposer... »

Rien n'y fait. Elle reste intraitable, femme de militaire :

« Ce n'est pas à nos âges que nous pouvons nous séparer. Et même pour mourir, s'il le faut ; c'est ma place aussi. Avec vous. »

Elle ne le laisse pas répondre, tourne les talons et le plante là.

En allant préparer ses bagages, elle croise sa belle-fille, à qui elle confie sa précieuse mallette : « Nous repartons... maintenant que vous et les enfants êtes à l'abri... » ; et lui lance pour toute explication : « Nous avons vécu très longtemps... Nous verrons bien quel sera notre sort ! »

La bru, embarrassée par la situation, la mallette, toute cette charge émotionnelle, ne trouve pas ses mots. Sa belle-mère n'a pas attendu ; elle est redevenue cette femme en noir, au pas mécanique, imperméable à tout.

Maintenant que sa décision est prise, il ne tient plus en place. Il tourne et retourne dans le jardin de la résidence ; son pas est assuré, et son humeur vive. Il mesure la portée des nuages, s'inquiète de la météo ; de l'heure du coucher du soleil qui empêchera un vol tardif ; se retourne vers Massu pour se plaindre des hélicoptères – partis faire le plein à Baden-Oos – qui tardent à revenir sur la DZ. Il ne faut plus traîner. Il est prêt à affronter les Français, et même le Roi des Aulnes s'il le faut ; mais il redoute le temps qui passe, la déchéance par le Conseil constitutionnel, les complots parisiens qui doivent redoubler à cette heure ; toute menace, tout imprévu qui viendraient fragiliser sa décision, affaiblir sa détermination, lui faire perdre son élan.

Devant la résidence, il voit se former un interminable cortège. Les deux gradés de Massu, Toto, les filles Massu un bébé dans les bras, les trouffions de la résidence, des visages inconnus, Philippe avec toute sa famille… venus le saluer avant son départ.

Les témoins de la journée.

L'hélico n'est pas encore là. Il sent leurs regards, il imagine leurs pensées, et s'effraie tout à coup des secrets qu'ils détiennent. Ils ont vu. Ils ont entendu. Ils savent.

Il aimerait remonter le temps ; rectifier sa piteuse arrivée ; effacer ces heures de déroute intime dont ils ont été les spectateurs.

Il ne peut partir en les laissant ainsi sur cette impression ; cette image indélébile. Il connaît trop l'Histoire, la manière dont elle s'écrit ; comment les témoignages de biais, ou de mauvais éclairages, pourraient un jour ternir sa légende.

Alors il décide de les affronter un à un ; et faisant des adieux sincères à chacun, semble ainsi sceller un pacte du silence sur cette journée particulière. Il remercie la famille Massu, et Toto surtout ; traite les uns et les autres ; passe du temps avec ses petits-enfants ; n'oublie pas d'interroger les militaires sur sa décision *que tout compte fait, tout le monde partage.*

L'hélico revient.

Son fils demande à lui parler en aparté :

« Je veux partir avec vous, Père... Je me sens inutile ici... »

Le père se trouve tout à coup encombré par cet importun de fils, surtout avec le vacarme de l'appareil, l'imminence du départ : « Comprenez, je suis un soldat... Je ne suis pas un enfant qu'on balade, un fils qu'on protège. »

Devant cette demande inattendue, cette insistance, le père s'emporte, sans égard, excédé : « Non, tu vois bien qu'il n'y a pas de place pour toi dans l'hélicoptère... »

Il regrette vite son emportement, et reprend d'un ton radouci : « Je t'appellerai si j'ai besoin de toi.

— En restant ici, vous me ridiculisez ; comme si nous vous avions tous servi de caution à vos, à vos... »

Le fils hausse la voix, pour se faire entendre malgré les rotors en marche. Il est humilié, blessé. Cette fois, c'en est trop ; trop compliqué, trop inhumain d'être – à son âge – traité comme une variable d'ajustement, un meuble que l'on déplace, pour le *bon plaisir* de cet homme-là.

Le père attend que ça passe ; il connaît la rengaine, douloureuse. Il a compris, il y a longtemps déjà qu'il n'est pas facile d'être son fils, ce double maladroit qui n'a rien demandé, et subit son destin à lui. Il lui adresse une tape affectueuse ; tente de lui faire sortir un au revoir, une manière d'absolution filiale, qui hélas ne vient pas :

« … Je ne me fais pas d'illusions, vieux garçon… Mais les choses étant reparties, il me faut les rétablir… Encore une fois, ne me décourage pas… »

Avant de lui tendre une enveloppe, sur laquelle on peut lire :

« Me rendre intacte d'ici une quinzaine de jours s'il ne m'est rien arrivé. Sinon l'ouvrir et faire le nécessaire. »

## 42

## *« Si ce n'était que pour moi… »*

*Le lendemain, 30 mai, 16h30*

« Françaises, Français, étant le détenteur de la légitimité nationale et républicaine, j'ai envisagé, depuis vingt-quatre heures, toutes les éventualités, sans exception, qui me permettraient de la maintenir. J'ai pris mes résolutions.

Dans les circonstances présentes, je ne me retirerai pas. J'ai un mandat du peuple, je le remplirai. »

La voix est énergique ; le ton offensif ; les phrases courtes, et les consonnes sonnantes. Il martèle ses mots, ses ordres, son plan au pays qui n'en croit pas ses oreilles. C'est un mort-vivant qui ressuscite ; un macchabée remis en jambes. Ce n'est plus le même homme :

« La France, en effet, est menacée de dictature. On veut la contraindre à se résigner à un pouvoir qui s'imposerait dans le désespoir national…

Eh bien non, la République n'abdiquera pas ! Le peuple se ressaisira. »

Le discours radiophonique de quatre minutes, plus court que tous les autres, a été débité au pas de course ; texte impératif, ordre indiscutable dont il avait trouvé la musique, et le ton, en survolant le Rhin ; à ce moment du voyage où l'Histoire semblait se rembobiner, sombre retour ; absurde fuite à l'envers.

Il l'avait ensuite conçu dans la nuit de Colombey, tournant et retournant dans le parc de la Boisserie, parmi les rosiers et les pivoines qu'il pensait ne plus revoir ; cherchant là les mots qui ramèneraient la nation (ou ce qu'il en restait) sur le chemin de la raison ; et les trouvant enfin au petit matin.

En revenant à Paris, il n'était pas mécontent de ce texte – ça passerait ou ça casserait, après tout qu'importait. Tel un automate chargé d'entrain, il avait fait bonne figure, dès son arrivée au Palais, devant tous ces « décomposés » qui le scrutaient d'un œil curieux, légèrement effrayé, comme on regarde un fantôme. Un « revenant ». Il avait fait tout ce qu'ils attendaient de lui ; repris l'air de commandement qu'ils aimaient ; retrouvé sa grosse voix, et son autorité ; joué au vivant, mieux qu'au vivant, à l'inspiré, au miraculé. *In extremis*, il avait amendé son discours. Cédé sur son idée de référendum, au profit des législatives anticipées qui avaient la préférence de son Premier ministre. À quoi bon se battre… ? Le mort-vivant qu'il avait décidé d'être ne devait plus s'arrêter à cela.

Une fois le message envoyé sur les ondes, il était remonté dans son bureau.

Il voulait rester seul, vraiment seul, sans Foccart, Tricot, la cour du Palais qui, dans ces moments, se presse et s'agglutine, commente, apprécie, juge, rassure, déstabilise toujours par un mot, une maladresse.

Il n'avait aucune envie de les entendre. Il était soulagé. Il avait fait ce qu'il avait à faire : affirmer les marques du vivant, les signes du pouvoir, les simagrées d'autorité – il avait été particulièrement satisfait que dans sa voix ne reste aucune trace du *moment d'égarement*.

Il n'avait pas trébuché, il avait affronté le Peuple au veau d'or. Advienne que pourra…

Dans son vaste bureau, en dépit de sa condition nouvelle de « mort-vivant », il attend des nouvelles de l'événement qui se déroule à quelque trois cents mètres de là, et qui lui est interdit. La manifestation de soutien à la Concorde, cette improbable lubie de Foccart. Pas question de s'y rendre, même si certains l'y poussaient. De quoi aurait-il eu l'air, en remontant quarante ans plus tard, entre deux gorilles, et entouré de vieillards, la plus belle avenue du monde, alors qu'il l'avait si bien descendue, un quart de seconde plus tôt ?

Sa décision est prise – il n'y reviendra pas. À la première occasion, il s'en ira. Mais il est curieux de savoir l'effet de son retour autant que l'état du malade, la France.

Cette manifestation allait être la réponse, le seul sondage qui vaille.

Il ne l'avait pas voulue, et pour cause. Il n'y a jamais cru. Mais Foccart avait tenu à la maintenir et si possible qu'elle se tienne à la suite de l'intervention radio.

Les estimations des Renseignements généraux n'étaient pas optimistes : trente mille participants, au mieux. Une manifestation comme les autres ; moins qu'un 1er Mai, ou une grève générale de la CGT.

On allait vers un « timide soutien », peut-être une autre défaite ; au moins les choses seraient claires…

Pourtant, en dépit de ses sombres pronostics, et de son état de vivant-mort, il est impatient de savoir ; et toujours aussi curieux, et frustré de ne pouvoir vivre les événements qu'il suscite lui-même. Il a chargé Foccart de se rendre à la manifestation, pour s'occuper de François Mauriac et de sa femme, très fatigués tous les deux mais qui ont tenu à être présents ; et aussi pour lui ramener des choses vues, une véritable estimation de la participation, de quoi faire la part du vrai et du faux, du vrai peuple et des encartés venus par cars entiers, lui permettre une lecture de l'événement, quelque chose à se mettre en mémoire.

Il attend avec l'anxiété de l'amoureux des nouvelles, l'écho de son ultime appel.

Le temps passe. L'émission de radio est terminée depuis de longues minutes, et toujours rien ; en dehors de cet huissier en gants blancs, qui, avec régularité et solennité, lui pose des notes sans intérêt.

*De la foule aux Tuileries… Pas de violences… Du monde venu de l'Ouest parisien… Une densité plus forte constatée à 16h45 après la radio…*

Il s'inquiète de la ponctualité de la grosse horloge sur la cheminée, adresse un regard à son Don Quichotte qui, narquois, le domine dans la pièce ; l'interroge du regard, et finalement s'en moque.

Il fait chaud, il ouvre lui-même les portes-fenêtres du Salon doré ; elles donnent sur les jardins du Palais, du côté des Champs-Élysées qu'on ne voit pas hélas. Il reste là et il attend.

Les notes des RG continuent d'arriver ; il ne les survole pas, redoute le verdict. Il stationne là, comme on attend face à la mer l'être qui n'est pas au rendez-vous.

Le temps passe, le soleil décline derrière les cimes du jardin. Un rien, le vol d'un oiseau ; des klaxons, plus tonitruants que les autres, attirent son attention, et poussent à l'espérance.

On vient lui glisser à l'oreille : *Matignon n'a pas de chiffres ; rien de précis du côté de la préfecture de police…*

Il se dit qu'il aurait mieux fait de rester dans son exil, qu'il n'a pas su parler à son peuple, pas touché son âme ; qu'il s'est véritablement tué en revenant.

Il en est là, sombre, défait, quand, au loin, il perçoit une vibration dans l'air ; un vrombissement puissant amorti par les jardins du Palais.

Puis le ronronnement se fait rumeur, une rumeur qui monte, et d'où sortent des aigus, des graves, des musiques, des cris, et même des bouts de *Marseillaise*; une rumeur qui, en s'amplifiant à chaque seconde, devient la clameur d'un peuple qui va.

Ce ne sont pas les vingt mille qu'on lui annonçait, ni même les cinquante mille.

Il a de l'oreille.

Il ne les voit pas, mais il les entend. Cinq cent mille, un million, plus peut-être.

Il s'en va, il est parti, il est déjà mort; mais en entendant rouler le peuple et sa clameur, il se dit qu'il s'est peut-être trompé; qu'il reste de la vie, une force, des ressorts insoupçonnés dans ce peuple. *Que tout n'est pas perdu, que tout n'est pas foutu.* Un sursaut, le sursaut.

Il avait trop aimé la France, et emporté par ses superstitions de vieux chef gaulois, il avait fini par croire à la fable du Roi des Aulnes, et avait pris peur devant l'idée du cadavre de la France. Il avait tenu l'enfant, ne l'avait pas lâché, l'avait finalement sauvé. Il avait terrassé le prédateur qui rôdait; et cloué le bec à Goethe, ce froussard romantique. Pour combien de temps?

Des conseillers, sa femme accourent, sans prévention.

On l'entoure, il murmure une drôle de réponse, les yeux embués de larmes: « Si ce n'était que pour moi. »

Mes remerciements tous particuliers à mon éditeur Olivier Nora ; à Christophe Bataille, à Stéphane Benhamou, François Samuelson, Olivier Orban, premiers lecteurs ; à Marie-Caroline Boussard pour son appui historique ; à Emmanuel, à Florence ; à Agnès Nivière pour sa vigilance.

## TABLE

### I
### Avant Baden



### II
### Vers Baden

## III
## À Baden

*Composition Maury-Imprimeur*

Cet ouvrage a été achevé d'imprimer sur Roto-Page
par l'Imprimerie Floch à Mayenne
pour le compte des Éditions Grasset
en juin 2019

PAPIER À BASE DE FIBRES CERTIFIÉES

*Grasset* s'engage pour l'environnement en réduisant l'empreinte carbone de ses livres. Celle de cet exemplaire est de :
500 g éq. $CO_2$
Rendez-vous sur www.grasset-durable.fr

N° d'édition : 21047 – N° d'impression : 94532
Dépôt légal : août 2019
*Imprimé en France*